D
LA MAISUN

Du même auteur :

S.I.X.
1, 2, 3, nous irons au bois
Fais de beaux rêves...

DANS LA MAISON

PHILIP LE ROY

RAGEOT

*À mes filles,
nourries au cinéma d'horreur.*

Cet ouvrage a été imprimé sur un papier
issu de forêts gérées durablement,
de sources contrôlées.

Couverture : © Nick Loginov/Arcangel

ISBN 978-2-7002-7924-5

© RAGEOT-ÉDITEUR – PARIS, 2019 - 2022.
Tous droits de reproduction, de traduction et d'adaptation réservés pour tous
pays. Loi n° 49-956 du 16-07-1949 sur les publications destinées à la jeunesse.

La différence est-elle une richesse ?

Prologue

Comment huit adolescents peuvent-ils disparaître au cours d'une même soirée ? La question tournait en boucle dans la tête des gendarmes qui inspectaient la maison vide.

Le commandant Sevrant contemplait la belle bâtisse, une ancienne bergerie isolée du col de Vence récemment transformée en maison d'architecte. Il restait les abords à aménager, un muret de pierres à élever et la piscine à construire. Une excavation de douze mètres par six avait déjà été creusée pour y couler le bassin. Les hommes de Sevrant avaient retourné les bâches, fouillé au milieu des outils de chantier et des matériaux, sondé les ruissellements de boue provoqués par les fortes pluies de la nuit. Bredouilles, ils se déployaient désormais vers la forêt.

Les huit lycéens s'étaient donné rendez-vous la veille pour la première fois dans cette villa cossue qui appartenait à la famille de l'un d'entre eux.

Ils avaient été déposés en voiture samedi vers 18 heures par leurs parents qui devaient les récupérer le lendemain matin. Mais le dimanche à onze heures, la mère de l'une des adolescentes avait trouvé la maison déserte et alerté aussitôt les autorités.

Les chiens policiers tiraient sur leur laisse et aboyaient en direction de la forêt. La pluie s'était remise à tomber et allait compliquer les recherches.

Les premiers indices découverts dans la villa étaient à la fois étranges et inquiétants : impacts de chevrotine, sols jonchés de pierres et de gravats, traces de sang, bris de verre, chaises et meubles renversés, longues traînées de sel par terre... Des planches avaient été clouées contre la porte du garage et de la cave. Les jeunes semblaient s'être défendus contre une menace extérieure.

Un tueur ? Dans ce cas, où étaient les corps ?

Des kidnappeurs ? Mais comment enlever simultanément huit personnes ?

Des aboiements lointains ponctués par plusieurs coups de sifflet précédèrent le grésillement du talkie-walkie du commandant Sevrant :

– Les chiens ont flairé quelque chose, commandant ! beugla le brigadier Dolfi dans l'appareil.

– Où êtes-vous ?

Le commandant attendit une réponse qui ne venait pas.

– Où êtes-vous, brigadier ?

– ... plateau du Diable !... *Crrrrrrrrrrrrrrrrr...*

Des parasites se mêlèrent à la conversation.

– Brigadier, vous m'entendez ?

- *Crrrrrrr...* utain ! Qu'est-ce que c'est que ça ?... *Crrrrrrrr...*

- Brigadier, soyez plus clair !

- *Crrrrrr...* vaudrait mieux que vous voyiez par vous-même... *Crrrr...* Je viens vous chercher...

Jean-Paul Sevrant avança sous la pluie à la rencontre du brigadier.

Pour bien comprendre ce que les gendarmes allaient découvrir, il faut expliquer comment on en est arrivés là. Et il n'y a qu'une personne qui puisse le faire, celle qui a écrit les pages suivantes.

Première partie
Les Huit

1.

«Les Huit» était le nom donné à un groupe d'élèves de première en section Arts Appliqués au lycée Matisse de Vence, considéré comme le meilleur établissement de la région dans ce domaine. Ils formaient une bande atypique, excentrique et surtout constituée des éléments les plus doués de la classe. Le gang swag, disaient ceux qui les enviaient. Des bouffons qui se la pétaient, disaient ceux qu'ils horripilaient. Les enseignants eux-mêmes étaient parfois dépassés par les idées avant-gardistes de ces huit élèves. Le petit clan n'avait pas de leader. Brillants chacun dans leur domaine, ils déniaient toute hiérarchie entre eux. Ils se prénommaient Camille, Marie, Léa et Mathilde pour les filles. Quentin, Maxime, Mehdi et Julien pour les garçons.

Camille était belle, blonde et friquée. Elle faisait tourner la tête de tous les garçons du lycée et même de certains professeurs. Son argent de poche passait dans les fringues, les chaussures, les sacs, les bijoux et la danse qu'elle pratiquait intensivement. Elle était consciente que sa poitrine trop lourde l'empêcherait d'embrasser une carrière de ballerine. Camille était cultivée grâce à des parents qui l'avaient emmenée dans tous les musées du monde. Son ambition, faute de pouvoir devenir la nouvelle Sylvie Guillem, était de suivre les traces de Coco Chanel.

Marie pétillait d'intelligence. Derrière ses lunettes et ses longues mèches frisées, elle s'abîmait les yeux à lire les classiques de la littérature fantastique et à regarder des vieux films. Elle s'habillait toujours en noir et blanc comme si elle sortait de l'univers d'Orson Welles ou de Charlie Chaplin. Elle se séparait rarement de son appareil photo afin d'assouvir sa troisième passion. Son rêve était de travailler dans les effets spéciaux.

Léa, rousse, pâle aux grands yeux clairs, était hypersensible, pleine de doutes mais aussi d'audace, à l'image du personnage shakespearien d'Hamlet, son idole. Douée pour la sculpture, elle développait un sens rare du toucher. Elle était en couple avec Quentin, un garçon du groupe des Huit, ce qui perturbait un peu l'équilibre de la bande.

Mathilde était la plus délurée. Cheveux argentés, tatouages dingues, fringues vintage avec des touches gothiques, bavarde, extravertie, sans tabou ni limite, elle gérait les conquêtes, c'était son expression, elle buvait, fumait, et pas que du tabac.

Quentin était blindé de thunes. Fils à papa et d'architectes réputés qui avaient transformé la bergerie familiale en villa digne de figurer en couverture de *Maison Créative*, il était destiné à intégrer le cabinet de ses parents. Habillé avec des jeans troués et des sweats usés, il entretenait un look Bobo à tendance grunge au grand désespoir de Léa et surtout de Camille qui le traitait de terroriste de la mode. Il avait créé sa chaîne YouTube sur laquelle il s'essayait à «l'art contemporain comique». Pour son oral de fin d'année, il travaillait sur une œuvre d'art censée faire rire.

Maxime, lui, ne prenait rien au sérieux. Sauf l'art, la guitare et la bouffe. D'ailleurs il était le gros de la bande. Il aimait aussi le poker. Son but était de vivre de ce jeu pour exercer son art sans soucis de rentabilité.

Mehdi était le bogosse. Dragueur et gouailleur. Il avait réussi à coucher avec des filles mais aucune du groupe des Huit. Doué pour la vente, il était capable de faire passer un dessin de sa nièce de quatre ans pour une œuvre d'art. En dehors des filles, il se passionnait pour les jeux vidéo. Il ambitionnait de devenir un jour commissaire-priseur ou commissaire d'expo, à moins que Hideo Kojima[1] ne l'embauche un jour dans son studio de production.

Julien, le huitième membre de la bande, était un dessinateur talentueux, principalement de corps d'éphèbes et de héros musclés. Julien préférait les garçons. Il ne le cachait pas, juste pour contrarier les homophobes, sans toutefois le revendiquer. Il projetait de présenter comme travail de fin d'année une planche de BD avec un superhéros gay.

---

1. Hideo Kojima est un créateur et producteur de jeux vidéo, célèbre pour sa série de jeux *Metal Gear*.

2.

– Dans trois semaines, on pourra se faire une nuit au col de Vence ! clama Quentin.

Il avait annoncé la nouvelle comme un évènement à ses camarades qui discutaient dans l'allée de palmiers menant au portail du lycée Matisse.

– Les travaux sont finis ? demanda Camille.

– Il ne reste plus que les extérieurs à aménager et la piscine. Mais dedans tout est nickel. On a commencé à emménager. Mes parents seront en Italie. Ils sont d'accord pour qu'on organise notre soirée à ce moment-là.

– Yess ! s'exclama Maxime. J'apporterai la bouffe, la guitare et les cartes.

– Laisse tomber le poker, tu sais que je n'aime pas ça, objecta Camille.

– Soirée bière-pong, alors ?

– Si t'entends par là qu'on va boire, fumer et rigoler, je valide, acquiesça Mathilde.

– On peut venir ? demanda Margot que les éclats de voix avaient titillée.

Quentin mit aussitôt son veto :

– Soirée privée, comme d'hab !

– Tu pourrais élargir le cercle, argua Margot. Histoire de pendre la crémaillère.

– Pourquoi pas convier toute la classe tant que tu y es ?

– Avec les profs aussi ? se moqua Maxime.

– Et si on changeait pour une fois ? suggéra Léa.

– Quoi, sérieux, tu veux inviter les profs ?

– Non, je veux dire qu'on n'est pas systématiquement obligés de passer la nuit à se soûler et à se marrer bêtement.

– Je sens que tu as envie de proposer une idée originale, dit Quentin.

– Faut que tu nous la vendes, la défia Mehdi.

– Bon alors, tu nous invites ou pas ? insista Margot.

– Pas, répondit Quentin.

– Tu sais pourquoi on ne peut pas t'intégrer dans notre groupe de huit ? intervint Julien.

Allongé sur le muret, il contemplait la transparence des feuilles de palmiers éclaboussées par le soleil de printemps. Sa question provoqua un bref silence car elle contenait déjà la réponse.

– Va te faire mettre, toi ! l'injuria Margot.

– Choquant dans la bouche d'une demoiselle, souligna Julien sans se vexer.

Margot s'éloigna avec ses copines en haussant les épaules et en se cognant à Clément, un élève dont la timidité et la solitude contrastaient avec la taille et la carrure. Il était surnommé Big Boloss.

– Vous n'en avez pas marre, vous, des soirées LOL? insista Léa.

– C'est le suicide de Manon qui te prend encore la tête? devina Quentin.

– Je n'ai pas oublié qu'elle était assise en classe à côté de moi il y a peu de temps. Et j'ai rien vu venir.

– On n'a qu'à inviter Big Boloss, proposa Maxime. Avec lui, t'es tranquille, on ne risquera pas de se marrer.

Clément ne releva pas la pique et s'assit discrètement sur le muret, aux pieds de Julien, avec le secret espoir qu'il finirait par être admis un jour au sein du groupe. Car Clément comptait parmi les jeunes qui enviaient les Huit. Pour appartenir à l'élite, mais surtout parce qu'il était amoureux de Camille. Tout le monde s'en doutait – sauf peut-être Camille.

– Une soirée où on se marre pas! Putain, tu nous as bien vendu le concept, là, lança Mehdi à Léa.

– Et si on organisait une nuit de l'horreur? suggéra Quentin qui cherchait à aller dans le sens de sa chérie. Au lieu de faire des jeux du genre « si tu rigoles, tu bois », on fait des jeux du genre « si t'as peur, tu bois ».

– Avec des phrases comme ça, tu n'iras pas loin en dissertation, nota Mathilde, concentrée sur la confection d'une cigarette.

– Tiens en parlant de dissertation, voilà l'intello.

Marie courait vers eux avec un sac en bandoulière et un livre à la main. Son visage, que sa course avait rendu écarlate, tranchait avec ses vêtements noirs et blancs.

– Oh ! T'as mis de la couleur aujourd'hui, Charlot ? l'apostropha Kevin.

Sa vanne déclencha un rire idiot chez son copain Alex. Marie passa son chemin pour rejoindre son groupe, après avoir toisé les faces hilares des deux lycéens qui avaient l'habitude de végéter devant l'établissement jusqu'à la sonnerie.

– Hey, Rima ! Encore à la bourre ? l'interpella Maxime.

– La galère ! répondit-elle essoufflée. Entre mon lit et les portes du lycée, j'ai dû me farcir le monde des chauffards criards, des bus en retard, des masses laborieuses malodorantes...

Elle reprit son souffle pour prolonger son interminable phrase en claironnant la dernière partie.

– ... et pour couronner le tout, je tombe sur ces deux futurs chômeurs qui n'ont d'autre utilité que de nous rappeler combien l'existence est misérable.

– Oh, c'est nous que tu traites de futurs chômeurs ? releva Kevin.

– Il y a des risques avec vos têtes de vainqueurs.

Kevin et Alex s'approchèrent, menaçants.

Mehdi s'avança et négocia la trêve.

– Ça va les gars, on se calme.

– Alors elle s'excuse.

– M'excuser de quoi ?! s'exclama Marie.

– De ce que t'as dit.

– Qu'est-ce que j'ai dit ?

– J'ai pas tout compris mais c'était pas cool.

– Elle était à la bourre, un peu stressée, lâchez l'affaire, plaida Mehdi.

Malheureusement, ce n'était pas leur intention. Kevin pointa Marie d'un doigt accusateur.

– Y en a marre que vous vous la pétiez, toi et tes petits copains des Z'Arts Z'Appliqués.

– Et que comptes-tu faire pour remédier à ça? demanda Mehdi sur le ton du vendeur qui essaye de se mettre à la place du client.

– Vous donner une bonne leçon.

– Ouais, approuva Alex qui semblait passer plus de temps dans les salles de musculation que dans les salles de cours.

– Quand tu veux, les défia Mehdi.

Camille, Léa, Mathilde, Quentin et Maxime se rapprochèrent en renfort derrière Mehdi et Marie. Clément s'interposa, dominant tout le monde d'une tête.

– Cassez-vous, ordonna-t-il à Kevin et Alex.

Kevin fixa les poings serrés de Big Boloss et se dégonfla.

Au même moment, la sonnerie retentit au bout de l'allée.

– Sauvés par le gong! dit Mehdi.

– Vous ne perdez rien pour attendre.

– C'est ça, et reviens-nous vite avec d'autres phrases toutes faites, lâcha Marie.

Kevin et Alex leur balancèrent deux regards noirs avant de se mêler au cortège mou des lycéens qui entraient dans l'établissement. Kevin se retourna une dernière fois vers le groupe et fit mine de se trancher la gorge avec son pouce en signe de menace.

– Quels benêts! s'exclama Marie.

– Fais quand même gaffe à ce que tu dis, tempéra Mehdi.

– Merci pour ton aide en tout cas, lança Léa à Julien qui n'avait pas bougé de son muret.

– En quoi tu voulais que j'aide? Vous étiez tous là à montrer vos muscles. Il s'est rien passé de grave à ce que je sache. En plus ils ont eu peur de Big Boloss. Tranquille, quoi!

– Merci d'être intervenu, dit Marie à Clément.

– Pas de quoi.

– Faut y aller, les pressa Camille.

– On a cours de quoi? demanda Marie.

– Design, répondit Clément.

Le groupe se déplaça vers les grilles, entraînant Big Boloss dans son sillage.

– Il me fait pitié ce gars, souffla Léa.

– Qui ça? Kevin? pouffa Quentin.

– Non, Clément, crétin!

– Clément Crétin?

– Ah ah ah, se força à rire Léa.

Big Boloss ne les avait pas quittés d'une semelle.

– Il a flashé sur Camille, commenta Mathilde.

– La moitié du lycée a flashé sur Camille, souligna Mehdi.

Leur attention se reporta sur Clément dont le regard croisa celui de Camille. Le visage du gaillard s'empourpra.

– Miskine, il devient tout rouge, ricana Mehdi.

– Lâche-le, dit Camille.

– C'est lui qui nous lâche pas.

– On pourrait le prendre dans notre groupe, non ? suggéra Mathilde.

– C'est vrai ? s'emballa l'intéressé.

– Quoi, les Huit ? fit Quentin.

– Faudrait changer le nom alors, avança Marie.

– Genre le groupe des neuf ? s'exclama Julien.

– On ne peut pas, objecta Léa. Par respect pour Manon.

– Quel rapport ?

– Manon aurait aimé être des nôtres.

– Qu'est-ce que tu racontes ? s'étonna Quentin. Elle ne nous a jamais calculés.

– Parce qu'elle n'osait pas nous parler. Je me demande même si sa dépression n'était pas due à sa solitude.

– Dis tout de suite qu'elle s'est suicidée à cause de nous.

– Non, mais notre indifférence a dû jouer, comme plein d'autres choses.

Julien se retourna face à Clément.

– Oh, mec, rassure-nous tout de suite. T'as pas l'intention de te suicider à cause de nous ?

– Quoi ?

– Qu'est-ce que t'es con ! lança Léa à Julien.

– Pourquoi tu me demandes ça ? bredouilla Clément.

– Regarde-le maintenant, il est tout pâle, observa Mathilde.

– Il est passé du rouge au blanc, souligna Quentin.

– Désolé, mec, s'excusa Julien. Je crois qu'on a tous mal commencé la journée.

– Pourtant j'avais débarqué avec du lourd, leur rappela Quentin.

Il était resté sur son projet de soirée à la bergerie du col de Vence.

– Je vous ai entendus tout à l'heure, s'expliqua Clément. C'est sympa une nuit où on se fait peur. Je peux vous donner des idées si vous voulez.

– Pourquoi, t'es un expert en épouvante ?

– J'aime les films d'horreur.

– C'est lequel ton préféré ?

– Euh… *L'Exorciste.*

– Vachement original.

– Ça ne fait plus peur à personne *L'Exorciste*, fanfaronna Maxime.

– Si on t'écoute, il n'y a eu aucun film intéressant avant ta naissance, l'attaqua Marie.

– « Le pouvoir du Christ t'oblige ! Le pouvoir du Christ t'oblige ! » scanda Maxime en imitant le père Merrin dans le film en train d'exorciser la petite Regan.

– Arrêtez de vous foutre de lui, protesta Camille.

– Ça y est, Big Boloss est repassé au rouge maintenant que Camille a pris sa défense, nota Quentin.

– Cam a raison, dit Léa. Vous n'êtes pas drôles.

– Si je vous cite aussi *La Secte sans nom*, *Ring*, *Rec*, *La Malédiction*, *Shutter*, *The Thing*, *L'Orphelinat*, *Esther*, *Freaks*, *La Colline a des yeux*, *Les Frissons de l'angoisse*, c'est bon ? demanda Clément.

Ils le regardèrent comme s'il venait d'effectuer un numéro de claquettes.

– *La Colline a des yeux*, quelle version ? le questionna Mathilde.

– Celle d'Alexandre Aja. Bien meilleure que l'originale de Wes Craven.

– Je valide, approuva Mathilde.

– Je ne sais pas si vous êtes au courant mais on a cours et ils ont fermé la grille, les avertit Marie.

Quentin fixa Léa qui hocha la tête pour l'inciter à accepter la demande de Clément.

– Bon d'accord, céda-t-il. T'es invité, Big Boloss, mais ça ne veut pas dire que tu fais partie de notre bande.

3.

Les trois semaines qui suivirent semblèrent s'écouler plus lentement pour Clément et les Huit. Elles auguraient un week-end inédit et hors normes au col de Vence. Chacun s'ingéniait dans le plus grand secret à préparer quelque chose de terrifiant, ce qui les détournait de leur projet de fin d'année auquel devaient se consacrer les élèves de première Arts Appliqués.

On était en avril et l'échéance de la présentation d'une œuvre originale à l'oral se rapprochait. Le professeur qui leur avait demandé ce travail était un fervent admirateur d'Abraham Poincheval, artiste contemporain adepte de la performance dans des espaces réduits. Poincheval s'était distingué en s'enfermant à l'intérieur d'une cavité creusée dans un gros rocher pendant huit jours, pour expérimenter la fossilisation, ou en séjournant treize jours dans le ventre d'un ours naturalisé pour vivre en phase avec l'animal.

L'enseignement de l'art contemporain influait grandement sur les créations des élèves qui devaient porter cette année sur le thème de la différence en tant que richesse. Certains d'entre eux préféraient garder confidentiel leur projet. On savait que Camille confectionnait une robe de mariée en papier hygiénique.

Contre l'avis de ses parents qui auraient préféré le voir préparer un projet architectural, Quentin travaillait sur une œuvre d'art censée faire rire.

Maxime restait flou sur ce qu'il allait présenter. À ceux que cela intéressait, il répondait qu'il avait déjà le titre de son œuvre : « Bouffe, bluff, bruit. »

Mehdi aussi avait le sens du teasing. « Personne ne s'attend à ce que je vais dévoiler, même pas moi, mais je promets que ce sera énorme ! », répondait-il à ceux que cela intéressait. Du coup, tout le monde voulait savoir.

Julien se consacrait à sa planche de BD qui mettait en scène son superhéros tombé amoureux de Superman. Ceux qui avaient eu le privilège d'entrevoir son travail avaient été impressionnés par la finesse du graphisme.

Clément, lui, pour plaire au prof, cherchait à s'inspirer directement d'Abraham Poincheval en essayant d'imaginer dans quoi il pourrait s'enfermer pour accomplir une performance originale.

Le vendredi précédant la soirée frissons au col de Vence, les vingt-neuf élèves de première Arts Appliqués rangèrent leurs affaires en pensant au week-end à venir. Neuf d'entre eux y pensaient un peu plus fort.

4.

La grosse Audi s'arrêta peu après 18 heures devant la bergerie noyée sous des trombes d'eau. Les portières s'ouvrirent à l'avant et à l'arrière pour libérer un parapluie. Camille, sa mère et Julien, qui avait profité du covoiturage, s'y abritèrent et se précipitèrent sous l'auvent du perron que l'averse martelait dans un tintamarre à réveiller les morts. Quentin leur ouvrit.

– Entrez vite!

Les nouveaux venus se groupèrent dans le hall au dallage de pierre blanche sur lequel ils dégoulinèrent.

– Bonjour madame Souliol! dit Quentin en constatant qu'elle s'était engouffrée avec les jeunes.

– T'as invité ta mère? demanda Maxime à Camille.

Arrivé le premier, il avait déjà un verre à la main.

– Je ne suis pas tranquille de vous laisser seuls dans cette maison, confia Estelle Souliol.

– Maman, commence pas, geignit sa fille en train de vérifier dans un miroir si son maquillage avait coulé.

– Il n'y a rien à craindre, madame, assura Quentin.

– Vous êtes complètement isolés. On a roulé vingt kilomètres sans voir une seule habitation ni croiser un véhicule.

– Qu'est-ce qu'on risque ? On sera bien à l'abri dans la maison.

– On peut vous appeler au moins ? Je suis sûre qu'il n'y a pas de réseau.

– Maman, s'il te plaît.

– Mon père a installé un amplificateur cellulaire pour téléphone portable, expliqua Quentin en désignant une boîte blanche dans l'entrée. Il y a aussi des caméras de surveillance un peu partout dans la maison, reliées à un système d'alarme.

– Tes parents ont fait de cette maison une demeure magnifique.

– Ils sont architectes. Quand ils ont hérité de la bergerie de mes grands-parents, ils ont apporté plein de modifications. Je vous fais visiter ?

– Avec plaisir !

Camille soupira et laissa Quentin gérer sa mère.

Entièrement rénovée, modernisée et agrandie, la bergerie de 120 m² avait doublé en surface et adopté l'apparence d'une villa d'architecte, capable d'héberger une grande famille ou de recevoir une bande de fêtards un samedi soir. Le nouveau plan et l'intégration du verre dans la pierre avaient élargi les perspectives et favorisé la circulation de la lumière. L'espace initial des deux niveaux avait été décloisonné et redessiné, puis relié par un escalier central. Le rez-de-chaussée avait été transformé en une sorte de loft faisant office de salon-salle-à-manger-cuisine aux allures de galerie d'art avec sa collection de tableaux abscons, certains complètement noirs ou blancs, d'autres affichant des questions blanches sur fond noir comme « *Tout est art ?* » ou « *C'est quoi, l'idée ?* ». Des sculptures avaient des formes étranges, douces ou agressives, des couleurs souvent vives telle une grosse pomme vernissée rose à moitié croquée, posée sur un pilier en forme de cactus orange. L'immense pièce était dominée par une mezzanine qui distribuait les chambres et dont le garde-corps était en ferronnerie. Le salon semblait se prolonger dans le jardin au-delà des baies vitrées offrant un spectacle de fin du monde qui avait fait tomber la nuit avant l'heure.

– Ces vitres sont solides ? s'inquiéta la mère de Camille.

– À l'épreuve des balles, répliqua Quentin.

L'averse résonnait sur la verrière comme si l'on y déversait du gravier. Des bâches, qui protégeaient les matériaux sur le chantier et les flancs d'une immense excavation, se soulevaient sous les rafales de vent et donnaient l'impression qu'une armée de fantômes avait pris possession des lieux.

– La piscine n'est pas encore construite, commenta Quentin. On n'en est qu'au terrassement.

Sous l'escalier en pierre qui menait au premier, il y avait une porte en bois.

– Un placard ? demanda la mère de Camille.

– Non, ça donne sur la cave. Vous voulez jeter un œil ?

– Inutile. J'ai toujours eu peur des espaces clos et des caves en particulier. Malheureusement j'ai transmis cette phobie à ma fille.

– C'est bon à savoir...
– Pourquoi ça ?
– Euh... disons qu'on évitera de demander à Camille de descendre chercher le vin.
– Vous n'allez pas boire, j'espère ?
– On sera sages, soyez tranquille. Et puis de toute façon on ne prendra pas le volant. Je vous montre l'étage ?
– Allez d'accord, en vitesse.

Au premier, se répartissaient cinq pièces fermées et une immense bibliothèque en teck qui occupait la totalité d'un pan de mur sur la mezzanine.

– Les chambres, un bureau, une salle de gym et deux salles de bains, commenta Quentin sur le ton d'un agent immobilier qui commençait à s'impatienter.

La mère de Camille balaya du regard le vaste espace à vivre creusé de recoins, de niches et d'alcôves accueillant des œuvres d'art improbables, cocon douillet et luxueux au milieu d'une tempête qui rugissait à l'extérieur.

– Il n'y a aucune photo, s'étonna-t-elle.
– Des photos ?
– De toi, de ta famille...
– On les a perdues.
– Comment ça ?
– Mes parents ont voulu profiter du déménagement pour se débarrasser de plein de trucs. Des cartons se sont mélangés. Ceux qui contenaient les photos sont partis à la décharge.
– Non, c'est vrai ?
– Ouais. Avec le numérique, on n'aura plus ce problème.

– C'est bon maman ? s'agaça Camille, encadrée par Maxime et Julien. Tu veux acheter ou quoi ?

– Je veux simplement savoir où je dépose ma fille.

– T'es rassurée maintenant ?

– Vous ne bougez pas d'ici, promis ?

– Où veux-tu qu'on aille ?

– Avec ce temps, on ne va pas s'aventurer dehors, promit Julien.

Sa mère embrassa Camille et fixa la porte d'entrée que Quentin tenait fermement pour ne pas que le vent s'engouffre.

– Porte blindée, précisa-t-il avec un sourire complice.

Mme Souliol lui rendit son sourire et rouvrit son parapluie sur le perron. Des phares l'arrosèrent. Un gros 4x4 fonça sur elle. Elle recula dans la lumière aveuglante. Marie, Mathilde et Léa jaillirent du véhicule, chargées de sacs. Elles croisèrent la mère de Camille qui leur adressa un signe de la main avant de s'engouffrer dans son Audi. Le père de Léa salua tout le monde de sa vitre baissée qu'il remonta en vitesse pour ne pas transformer l'habitacle en aquarium.

L'Audi patina dans la boue. Camille se mit à prier pour que sa mère ne s'embourbe pas et regarda avec soulagement la berline s'éloigner à vitesse réduite, précédant le 4x4 qui laissa derrière lui une odeur de diesel.

Léa enlaça ses camarades comme si elle ne les avait pas vus depuis des mois. C'était sa façon à elle, très tactile, de dire bonjour.

– Tout le monde est là ? demanda Mathilde en ouvrant son blouson sur un tee-shirt du groupe Crucified Barbara.

– Je veux ton tee-shirt, lui dit Maxime.
– J'ai rien en dessous.
– Je veux ton tee-shirt !!
– Il ne reste plus que Mehdi et Clément, répondit Quentin.
– Mehdi, c'est normal, il est tout le temps à la bourre, souligna Mathilde. Mais Clément, c'est étonnant. Depuis le temps qu'il rêve de se joindre à nous. C'est comme si j'arrivais en retard à un concert de Skunk Anansie.
– Je veux ton tee-shirt, la relança Maxime.
– Oh ! Tu soûles.
– Il vient comment Clément ? demanda Léa. Quelqu'un a proposé de l'emmener ?
– Je lui ai filé l'adresse, dit Quentin. C'est déjà pas mal.
– On aurait pu le prendre avec nous, regretta Marie.
– Je ne sais même pas où il crèche, avoua Camille.
– On s'en fout, dit Quentin. S'il avait eu besoin d'un moyen de transport, il nous l'aurait signalé.
– Tu parles, timide comme il est.
– À mon avis, il vient avec Mehdi, dit Maxime.
– En attendant on peut se désaltérer, non ? proposa Julien.
– Je veux, oui, approuva Quentin. Mais vas-y mollo, car ce soir tu devras boire à chaque fois que tu flipperas.
– Sérieux, Quentin, les caméras fonctionnent ? demanda Camille en s'assurant que sa robe était bien ajustée.
– Ouais, mes parents les ont installées surtout à cause des œuvres d'art.

– Tu veux dire qu'on est filmés, là ?
– C'est ça qui est génial.
– Pas question.
– Non, je blague. Elles ne sont pas en marche.

Julien regarda la tempête se déchaîner dehors. Un éclair illumina le jardin en chantier.

– Ouaouh !

Quelques secondes plus tard, le tonnerre gronda au-dessus d'eux. La maison trembla.

– Vu ! dit Julien en pointant Camille du doigt. Tu as eu peur, tu dois boire quatre gorgées.

Quentin lui servit un verre de vodka qu'elle leva pour trinquer.

– Je déclare la soirée frissons ouverte ! lança-t-elle.

Des coups de poing bombardèrent la porte d'entrée.

Marie cria.

Julien sursauta.

Camille lâcha son verre qui se brisa à ses pieds.

5.

La bouteille encore à la main, Quentin alla ouvrir la porte. Mehdi déboula à l'intérieur avec la célérité d'un policier du RAID. Son empressement fit perdre l'équilibre à son hôte qui se rattrapa à Léa sans lâcher la vodka.

– Putain les mecs, vous vous barricadez ou quoi ? gueula Mehdi trempé. Ça fait une heure que je tambourine.

– C'est moi, j'ai verrouillé, dit Quentin en refermant la porte. Avec sa parano, la mère de Camille nous a fait flipper.

– Oh ça va, grogna Camille en train de ramasser les morceaux de verre.

– Vous avez bu ? demanda Mehdi.

– Non, pourquoi ?

– Vous auriez dû, c'est la règle : vous flippez, vous buvez !

– On va quand même attendre que tout le monde soit là.

Mehdi se débarrassa de son anorak et le suspendit à une patère encore libre.

– Qui manque à l'appel ?

– Clément, répondit Quentin.

– Tu devais pas venir avec lui ? s'étonna Maxime.

– Moi avec Big Boloss ? Tu rigoles ?

– Il s'est peut-être perdu, envisagea Marie.

– S'il est paumé, il appellera, dit Quentin.

– Il a peut-être décidé au dernier moment de ne pas venir, suggéra Marie.

– Impossible, assura Léa. Il en rêve depuis le début de l'année.

– Le DJ n'est pas là non plus ? blagua Mehdi.

– T'as raison, ça manque de son, reconnut Quentin.

Il se dirigea vers son PC relié à la barre de son et sélectionna *Wake Me Up* d'Avicii.

– En hommage ! déclara-t-il.

Le DJ suédois venait de mourir à l'âge de 28 ans.

Feeling my way through the darkness
Guided by a beating heart
I can't tell when the journey will end

– La musique d'un mort pour commencer la soirée frissons, je vois que tu gères, constata Maxime.

– Moi j'ai apporté des tonnes de bouffe, annonça Mehdi. Vu qu'à mon avis le livreur de pizza ne montera pas jusqu'ici.

– Et moi, des films d'horreur, renchérit Marie. Ça ne nourrit pas mais c'est raccord avec le thème de la soirée.

– J'ai aussi en stock de la musique légèrement flippante, dit Quentin.
– Genre ?
– Du Fantômas, du Carpenter Brut...
– Si c'est tout ce que vous avez trouvé pour nous terrifier, dit Mathilde, on va se coucher tôt.
– Pourquoi, t'as quoi, toi ?
– Si je le dis à l'avance, il n'y aura pas de *jump scare*[1].

Quentin sélectionna discrètement sur son ordinateur *Rosemary's Baby* de Fantômas. Une voix de petite fille jaillit des enceintes comme sur la bande-son d'un film d'horreur :

La la la la la la la la la la la la la...

Quentin savoura la légère frayeur sur le visage de ses camarades.
– Mort de rire ! s'esclaffa-t-il. Vous verriez vos têtes ! Allez, tout le monde passe au bar pour écluser son gage.
– On a dit qu'on attendait Clément, protesta Camille.
– Désolé pour ton amoureux, mais il est 18 heures passées depuis longtemps.

Mehdi avisa la cuisine et déballa son sac.
– Classe, la kitchen ! s'extasia-t-il. Tout en inox ! On se croirait dans un resto.

Il aligna les boîtes hermétiques que lui avait remplies sa mère. Taboulé, boulettes, pâtisseries orientales.

---

1. *Jump scare* : technique de film d'horreur consistant à faire sursauter le spectateur.

– Des cornes de gazelle! s'écria Maxime en piochant dans la boîte. T'es mon héros!

– T'attends que ce soit l'heure du dessert, gros!

– Trop bon. Faut que j'épouse ta mère!

– Tu manques pas de respect à ma mère, se braqua soudain Mehdi.

– Je disais ça pour rigoler.

Mehdi empoigna un couteau de cuisine et plaqua la lame contre la gorge de Maxime.

– Tu rigoles sur qui tu veux mais pas sur ma mère, OK?

– Oh doucement, Mehdi, dit Camille. Tu craques ou quoi?

– C'est bon, mec, je prononcerai même plus le nom de ta mère si ça peut te tranquilliser.

Un malaise envahit la cuisine. Léa était encore plus blême que d'habitude et Julien avait les deux mains sur la bouche comme pour réprimer un cri d'effroi face au geste menaçant de Mehdi.

– Dis-moi que tu nous fais marcher, là, tenta Quentin pour détendre l'atmosphère.

Mathilde saisit délicatement le couteau des mains de Mehdi.

– Je vais en faire un meilleur usage, dit-elle.

Elle attrapa une baguette de pain et se mit à couper des tranches.

– Je prépare la salade, déclara Léa pour diluer elle aussi le trouble.

– Je t'aide, dit Marie.

– Je m'occupe de l'assaisonnement, ajouta Camille.

Pour la première fois de sa vie, Maxime perdit son sens de la dérision et se retira dans le salon. Julien l'accompagna et lui proposa un verre pour se détendre.

– C'est lui qui aurait besoin de boire un coup, grogna le garçon en désignant Mehdi qui avait repris le déballage de son sac.

– Tranquille, frère, dit Julien en lui tapotant la main. Chacun a ses points faibles, toi c'est la bouffe, lui, c'est sa mère. Vos deux points faibles se sont heurtés de plein fouet, c'est tout. Et puis je trouve que pour une soirée frissons, ça débute pas mal, non ?

On entendit soudain un hurlement. Julien et Maxime se précipitèrent vers la cuisine. Ils virent d'abord les regards effarés de leurs camarades autour de Mathilde.

Puis ils virent le couteau plein de sang tomber sur le carrelage.

Puis ils virent Mathilde s'écrouler par terre.

6.

Sur le plan de travail, trois doigts avaient roulé au milieu des tranches de pain. Mathilde s'était coupé la moitié de la main ! Elle était pliée en deux sur le sol de la cuisine. Léa avait sauté sur un torchon qu'elle enroulait maladroitement autour du poignet de sa copine, pendant que Quentin composait le numéro des urgences.

– Inutile d'appeler les secours, grogna Mathilde. Ils arriveront trop tard.

Quentin fut moins frappé par la remarque de la jeune fille que par l'étrange sourire sur son visage.

– Quoi, qu'est-ce qu'il y a ? s'exclama-t-il.

Mathilde se releva péniblement et déroula lentement la compresse hâtivement confectionnée par Léa. Ses camarades élargirent le cercle autour d'elle comme si elle allait dégoupiller une grenade. Elle leva le bras et ouvrit la main sur ses cinq doigts. Mathilde éclata de rire devant leurs airs interdits.

– Yeessssss ! cria-t-elle, fermant le poing et en donnant un coup de coude vertical en signe de victoire. Vous verriez vos têtes ! Comme je vous ai eus ! Allez, tournée générale !

– T'es complètement débile ! s'offusqua Léa. Tu nous as fichu une de ces trouilles !

– C'est le but, non ?

Marie s'approcha timidement du plan de travail pour examiner les doigts. Ils étaient en latex.

– D'où tu sors ça ? demanda-t-elle.

– C'est Thibaut qui me les a filés.

Thibaut était un élève de leur classe dont le père travaillait dans le théâtre. Mathilde avait couché une fois avec lui, et manifestement Thibaut en avait gardé un bon souvenir. Mathilde était fière de sa mascarade. Non seulement elle avait servi de diversion au malaise créé par Mehdi, mais elle avait horrifié tout le monde. Elle remplit sept verres de vodka.

– Pas pour moi, déclina Mehdi.

– C'est ça ouais, t'as eu peur comme tout le monde.

– Pas du tout. Ça m'a même fait marrer.

– Quelle mauvaise foi ! s'exclama Camille.

– Tu peux parler, toi !

– Qu'est-ce que tu veux dire ?

– Tu fais ta belle là, à allumer tous les mecs.

– D'habitude, ça te dérange pas ! Je ne sais pas ce que t'as ce soir, Mehdi, mais je te préfère nettement dans les soirées bière-pong.

– Je te dis que je n'ai pas eu peur.

– Viens, je vais te montrer quelque chose, lui proposa Quentin.

Mehdi le suivit au premier étage. Les autres leur emboîtèrent le pas pour se retrouver dans une grande pièce meublée d'une table d'architecte, d'un canapé, de deux fauteuils, d'un placard et d'un bureau moderne avec deux ordinateurs dernier cri. Quentin en alluma un et tapa sur le clavier. L'écran se quadrilla en petits rectangles représentant différents points de vue de la villa. Camille comprit tout de suite.

– J'y crois pas, les caméras de surveillance étaient en marche!

– Ouais, répondit Quentin. Je ne voulais pas le dire pour que tout le monde reste naturel mais je crois que je vais m'en servir pour arbitrer notre soirée frissons.

– Je refuse d'être filmée à mon insu.

– Tu l'es tout le temps dès que tu mets le pied dehors. À Nice tu as 2 000 caméras qui enregistrent tout. Il y en a 27 au km^2! Alors qu'est-ce que tu nous soûles, là?

– Oui, mais au moins on ne retrouve pas ces vidéos sur Internet.

– Tranquille, darling, je te signe un papier de confidentialité si ça peut te rassurer.

– N'importe quoi!

– Je l'ai!

Il venait de tomber sur l'enregistrement de la cuisine. Il régla l'image plein écran. Mathilde coupait le pain. On la vit sortir discrètement une capsule de sang factice qu'elle fit exploser dans sa main avant de répandre trois faux doigts sur le plan de travail et de hurler.

– Regarde ta tête, Mehdi, et dis-moi que t'es en train de te marrer!

Quentin figea l'image sur son camarade horrifié.

– C'est bon, ça va, je vais le boire ton verre. En attendant, j'ai bien fait de contester, ça nous a permis de découvrir que nous étions filmés à notre insu.

– Sauf que maintenant, ce n'est plus à votre insu, nuança Quentin.

– On va bouffer ? lança Maxime.

– Bonne idée, approuva Mathilde.

Ils redescendirent au rez-de-chaussée et se groupèrent dans la cuisine pour terminer de préparer le repas. Quentin sélectionna Orelsan. *Basique.*

Si tu dis souvent qu't'as pas d'problème avec l'alcool,
c'est qu't'en as un
Simple
Faut pas faire un enfant avec les personnes
que tu connais pas bien
Basique

– Tu nous as bien eus, enfoiré ! reconnut Julien.

Quentin lui répondit sur l'air de *Basique* en changeant les paroles :

– Faut pas venir à une soirée frissons si t'as pas envie de t'faire avoir, basique. Les amis doivent se mentir sinon ils n'seraient pas des amis, simple.

– Et la soirée est à peine commencée ! déplora Maxime.

– Au fait, on n'a toujours aucune nouvelle de Clément, nota Léa.

– Tant pis pour lui.

– Quelqu'un a son numéro ?

– Il suffit de ne pas avoir son numéro pour ne pas pouvoir l'appeler, basique, continua de chanter Quentin.

– S'il n'appelle pas c'est qu'il a ses raisons, dit Julien.

– Je peux l'appeler, moi, si tu veux, proposa Léa.

– Comment t'as eu son numéro ?

– Ben, je le lui ai demandé.

– Le meilleur moyen d'avoir son numéro c'est d'le lui demander, simple.

– Tu nous gaves avec ta chanson, s'agaça Marie.

– Tu préfères un chanteur en noir et blanc, genre Maurice Cavalier ?

– Maurice Chevalier, rectifia Marie.

Léa appela. Elle tomba sur une boîte vocale et laissa un message : « Salut Clément, c'est Léa... On se demande où t'es... Là, on ne t'attend plus, mais si t'es en route, on te laissera quand même du dessert. »

– Bien vu l'humour à la fin du message, se moqua Quentin.

– Il a peut-être eu un accident, douta Léa.

– En essayant de répondre à ton coup de fil, il a sûrement fait une embardée, ironisa Quentin.

– Surtout qu'il ne conduit pas, objecta Marie.

– Qu'est-ce que t'en sais ? Il est peut-être venu en scooter.

– En scooter des mers, précisa Maxime, vu la flotte qui tombe. C'est pour ça qu'il est en retard.

– N'importe quoi, dit Léa.

– Vous déconnez, là, nota Julien. Mais l'hypothèse qu'il ait eu un accident n'est pas complètement débile. Avec ce temps, le conducteur qui l'emmenait a pu rater un virage.

Un court silence souligna leur perplexité. Cela donna l'occasion à Mehdi de pointer du doigt l'air angoissé qui se lisait sur le visage de Léa.

– Elle flippe, elle boit! dit-il.

– Elle-flippe-elle-boit!!! scandèrent les autres en chœur.

– Je n'ai pas eu peur, je suis juste inquiète.

– Ça compte aussi! rectifia Mehdi. L'inquiétude, l'angoisse, la peur, c'est pareil.

– Pas tout à fait, précisa Marie. L'angoisse c'est une forte appréhension d'un évènement qui n'est pas encore arrivé. C'est quand tu descends dans une cave obscure par exemple. La peur c'est quand tu es en bas dans la cave et que la porte se referme brusquement derrière toi. Maintenant, à nous de préciser si on doit aussi boire quatre gorgées quand on est angoissé.

– On reste sur la peur, dit Quentin. Tout le monde est d'accord? Parce que là vous avez déjà tous des gueules d'angoissés, et je n'ai pas assez d'alcool dans la maison.

– Moi j'ai faim, déclara Maxime.

– Bonne idée, agréa Mathilde.

– À mon avis, Clément nous prépare un coup à nous faire dresser les cheveux sur la tête, avança Maxime.

– Les tiens le sont en permanence, se moqua Camille.

– Non, la nuit je ne mets pas de gel.

– Tu mets quoi, de la vaseline? le taquina Mathilde.

– Oh, les gars, attention, on s'éloigne de l'ambiance frissons, les avertit Quentin. Il est temps de se ressaisir.

Un éclair illumina la pelouse comme en plein jour, suivi par un roulement de tambour céleste qui leur signifia que les conditions climatiques collaient au thème de la soirée.

– Il y a quelqu'un dans le jardin ! s'écria Marie.

Tous les regards se tournèrent vers la baie vitrée qui les séparait d'une nuit noire.

7.

Marie leur certifia qu'elle avait aperçu une silhouette dehors pendant l'éclair.

– C'était Clément, je suis sûr, dit Quentin.

– C'était une femme, précisa Marie.

– Une femme ?

– Avec des cheveux longs, quoi ! Et une robe blanche.

– Clément déguisé en fille ? suggéra Quentin.

– Je ne plaisante pas, insista Marie qui paraissait réellement troublée.

– Tu nous fais marcher. Après le coup des doigts coupés de Mathilde, ça sonne faux ton truc.

– En plus, t'as pas réussi à nous faire peur, dit Mehdi.

– Sérieux, j'ai vraiment vu quelqu'un.

– T'as de la lumière dehors ? demanda Camille à Quentin.

– Ouais, sur la terrasse. Mais pas dans le jardin.

– Allume quand même, pour voir.

– Quoi, tu marches dans sa blague ?

– Qu'est-ce que ça te coûte d'éclairer ?
– 60 watts.

Marie ne les écoutait plus. Elle s'approcha lentement de la vitre. Les autres l'imitèrent.

– Il suffit d'attendre qu'il y ait un autre éclair, marmonna-t-elle.

– J'ai faim, dit Maxime.

– Bon, t'allumes, Quentin ? s'impatienta Camille.

– Vas-y, ordonna Maxime. On va quand même pas rester là comme des cons devant cette vitre à regarder la nuit.

Un grognement dans leur dos les sidéra avant de se muer en voix éraillée :

– Vous allez tous mourir !

C'était Julien qui jouait les monstres.

– Très drôle, souligna Marie.

Quentin trouva l'interrupteur derrière un vase en forme de coquille d'œuf cassé qui aurait été trempé dans du mazout. La lumière inonda la terrasse en même temps que le ciel s'électrifiait à nouveau.

Marie cria.

La femme n'était plus dans le jardin.

Elle était juste devant eux.

De l'autre côté de la vitre.

Son visage était masqué par de longs cheveux trempés.

8.

L'inconscient collectif emmagasine des images produites par les contes, les légendes, les films, la télévision et plus récemment Internet. Parmi les plus effrayantes, il y a le mythe de la dame blanche. On l'associe à des apparitions surnaturelles, des fantômes de femmes décédées, des messagères funestes ou des auto-stoppeuses vêtues de blanc qui se mettent à hurler une fois montées dans votre véhicule.

Après un film comme *Ring*, difficile de ne pas frissonner la nuit à la vue d'une apparition en robe claire surtout lorsque de longs cheveux noirs et raides en masquent les traits. Le fantôme de Sadako est désormais ancré dans de nombreux esprits. *Ring* est une source d'inspiration, telle cette caméra cachée diffusée sur YouTube où une fillette en chemise de nuit terrifie des personnes empruntant un ascenseur dans lequel on a aménagé une cachette. Une panne est simulée, la lumière s'éteint le temps que la gamine pénètre dans la cabine par une trappe, avec une poupée dans les bras. Lorsque la lumière revient, l'effet horrifique est garanti.

Ce fut cet effet-là qu'obtint Léa sur ses camarades, pétrifiés de l'autre côté de la baie vitrée. Il faut avouer qu'elle s'était donné un peu de mal. Pendant que Marie leur dispensait un cours sur la différence entre l'angoisse et la peur, Léa s'était discrètement éclipsée pour endosser à la hâte une chemise de nuit et une perruque empruntées à sa mère. Elle s'était ensuite glissée dans le jardin en bravant les intempéries. La pluie et l'obscurité l'avaient métamorphosée en spectre ruisselant. Elle s'était d'abord placée au milieu du jardin. Puis entre deux éclairs, elle s'était collée à la vitre.

Lorsqu'elle releva la tête en soignant son sourire démoniaque, ses camarades mirent plusieurs secondes avant de réaliser la supercherie. Ce fut Maxime qui réagit le premier en criant :

– Détendez-vous la nouille, les gars, c'est Léa !

Le fantôme éclata de rire et retourna vite à l'intérieur.

– Excellent ! s'écria Quentin à l'attention de Léa. Je te mets 10 sur 10 !

– Je peux utiliser une salle de bains pour me sécher et me changer ?

– Fais comme chez toi. En attendant on va s'envoyer quatre gorgées à ta santé.

– Mehdi ne peut pas prétendre qu'il n'a pas eu peur cette fois, affirma Camille.

– Bon, ça va, la rabroua ce dernier en se versant un verre de vodka. T'inquiète, je vais boire comme tout le monde.

– On passe aux choses sérieuses ! déclara Maxime en revenant de la cuisine les bras chargés de chips et de biscuits apéritifs qu'il déposa sur la table du salon.

Encore sous le choc de l'apparition de Léa en dame blanche, ses camarades bougèrent moins vite.

– Je fais chauffer l'eau des pâtes ! annonça Quentin.

– À ces mots, on sent vibrer en toi la fibre d'un grand chef étoilé, se moqua Marie.

– Pourquoi ? Tu sais cuisiner, toi ?

– Que des aliments noirs et blancs.

– Je t'ai déjà dit que t'étais une vraie malade ?

– Et moi je t'ai déjà dit que les aliments noirs sont les meilleurs pour la santé et la beauté ? Qu'ils ont des effets contre le cholestérol et le cancer ? Qu'ils préviennent le vieillissement et activent le collagène ?

– Ce qui est bon pour la peau, je sais.

– Ben tu vois, ça rentre !

– Ici, dans le genre noir, je crois qu'on n'a que des olives.

– T'inquiète, j'ai apporté de la tapenade, des pruneaux, du chocolat et de la Guinness. Et pour le blanc, j'ai pris des yaourts nature.

Quentin se servit un verre qu'il leva face à Marie.

– Bravo, tu as réussi à me faire peur avec ton régime noir et blanc, ironisa-t-il.

– C'est ça, moque-toi. Quand tu verras ce que j'ai mijoté pour vous terroriser, tu feras moins ton malin.

– Quoi, t'as préparé un truc ?

– Pas toi ?

– Non.

– C'est ça, ouais.

– J'ai juste trouvé un jeu, une super appli genre Picolo mais sur le thème de l'horreur.

– Ça s'appelle comment ?

– Il n'y a pas de nom encore, c'est mon cousin qui est en train de la développer. Il m'a proposé de la tester.

– Cool, on essaye ?

Marie annonça la nouvelle aux autres. Ils posèrent le Coca, le jus d'orange, le whisky et la vodka au milieu des victuailles et des assiettes en plastique. Quentin distribua les gobelets en carton en priant chacun d'écrire son nom dessus. Maxime engouffra une poignée de chips et saisit sa guitare. Julien remplit les verres de whisky Coca et de vodka orange pendant que Mathilde se roulait un joint et que Mehdi consultait son téléphone. Léa redescendit séchée.

– On ne bouge plus ! cria Marie.

Mathilde sursauta et se tourna vers Marie qui les prenait en photo.

– T'as failli me faire perdre ma beuh.

Marie se marra en regardant sur son écran numérique.

– On voit bien que tu as peur sur la photo, dit-elle. Allez, quatre gorgées !

Maxime gratta les premières notes envoûtantes de *Californication* des Red Hot Chili Peppers, imposant un silence religieux autour de lui. Il fredonna le début de la chanson avec un accent à couper au couteau :

– *Psychic spies from China try to steal your mind's elation*

And little girls from Sweden dream of silver screen quotation

And if you want these kind of dreams it's Californication...

Il la termina en version instrumentale.

Ils applaudirent à la fin de la prestation.

– Tu nous as filé la chair de poule, reconnut Mathilde. Ça compte, ces frissons-là, même si ce n'était pas de la peur ?

– Je veux, oui ! s'exclama Maxime.

– On passe au jeu ! déclara Quentin.

– D'ac', approuva Maxime. Je m'occuperai de la sauce des pâtes après.

– Merde, j'ai mis l'eau à bouillir trop tôt ! s'aperçut Quentin.

Il alla éteindre le feu et inscrivit les joueurs sur son smartphone. Le principe était simple. L'algorithme de l'application posait des questions de façon aléatoire, demandait de réaliser des défis ou d'accomplir des actions dans un temps limité. Chacun son tour, les participants devaient prendre en main le smartphone. Si on répondait mal à la question ou si on ne relevait pas le défi, on était condamné à boire un certain nombre de gorgées d'alcool. Le jeu comptabilisait les quantités ingurgitées par chaque joueur et appliquait même des malus aux losers.

– C'est parti les amis ! déclara Quentin.

Il tendit son appareil à Camille qui était assise à sa gauche.

– Pourquoi moi ?

– Faut bien commencer par quelqu'un. On se passe le téléphone dans le sens des aiguilles d'une montre.

– Commence par toi, je préfère. Je ne connais pas ce jeu.

– Normal, il n'existe pas encore.

Quentin lança la première épreuve en sélectionnant son nom :

*Quentin doit raconter un évènement
qui l'a terrifié dans son enfance
ou boire un verre pour oublier.*

Il posa le téléphone sur la table et réfléchit quelques secondes.

– Le souvenir le plus flippant qui me vient à l'esprit s'est déroulé ici justement. Dans la cuisine. Elle n'était pas comme ça à l'époque. C'était une vieille baraque dans laquelle vivaient mes grands-parents. Je passais les vacances ici avec mon cousin. Une nuit, je me suis levé pour aller piquer des bonbons que ma grand-mère gardait dans une boîte en métal. J'ai escaladé le buffet pour atteindre la dernière étagère et j'ai tendu la main en tapotant.

Quentin apprécia dans un long silence l'attention qu'il avait captée chez ses camarades, étira le suspense et poursuivit son récit. Marie prenait des photos.

– Là, les deux pieds sur la partie basse du buffet, les doigts dans la poussière, j'ai jeté un œil derrière moi pour m'assurer que personne n'allait me surprendre. Je me suis alors figé. Il y avait quelqu'un dans la pièce. Planqué derrière le frigo. Je distinguais ses pieds qui dépassaient et son ombre sur le mur. J'ai failli hurler. Mais ce que je crois être l'instinct de survie m'a fait réagir autrement. J'ai fait comme si je ne le voyais pas. J'ai abandonné l'idée de manger des bonbons en pleine nuit, je suis redescendu du buffet sans faire de bruit et j'ai regagné mon lit en vitesse.

– C'était qui ? demanda Camille.

– J'en sais rien. Ce qui est sûr c'est que j'ai entendu des pas dans l'escalier. J'ai fermé les yeux et attendu. Je me suis réveillé le lendemain matin.

– T'avais rêvé, quoi ! déduisit Julien.

– Non. Parce que le jour d'après ma grand-mère m'a dit que la boîte à bonbons avait disparu. Elle m'a demandé si c'était moi. Mon grand-père est aussitôt intervenu pour prendre ma défense. Il m'a raconté que la maison était visitée parfois.

– Visitée par qui ?

– On ne sait pas.

– Tu nous fais marcher.

– Pourquoi crois-tu que mes parents aient fait installer toutes ces caméras ?

– Tu l'as dit toi-même à la mère de Camille, parce qu'il y a des objets de valeur.

– Tu parles, mes parents s'en foutent. Tout est assuré.

– T'es en train de nous dire que cette maison est hantée ?

– C'est bon, je me suis assez étendu sur le sujet. À toi, Camille.

Elle sélectionna son prénom. Un texte s'afficha :

Camille doit descendre à la cave
sans allumer la lumière
et rester cinq minutes dans le noir.

*Si elle a peur, elle boira quatre gorgées
pour se donner du courage.*

– Il y a une cave, confirma Quentin.

Tous les regards se tournèrent vers la porte en bois sous l'escalier.

– J'aurais dû prendre la première épreuve, regretta Camille.

– Tu veux boire pour te donner du courage? la taquina Mathilde.

– Très drôle.

Elle se leva et se dirigea vers la porte.

– Qu'est-ce qu'il y a en bas? demanda-t-elle à Quentin d'un air inquiet.

– Les mystérieux visiteurs, répondit Mathilde dans un nuage de marijuana.

– Ah! Ah! se força à rire Camille.

– Merde! pesta Marie.

– Quoi?

– Mon appareil s'est bloqué. Pourtant la batterie était chargée à bloc.

Camille ouvrit la porte qui ne grinça pas sur ses gonds. Un escalier plongeait dans un puits d'obscurité. Elle s'efforça de se convaincre que les monstres n'existaient pas et descendit les marches en se guidant de la main avec laquelle elle effleurait le mur humide.

– Fais gaffe aux rats, frangine! lança Julien.

– La ferme, toi!

Elle s'enfonça dans le noir.

– Je suis en bas, signala-t-elle. Je vois rien.

– Je démarre le chrono ! lui lança Quentin.

Il referma la porte et regarda sa montre.

Trente secondes s'écoulèrent avant qu'ils entendent hurler. Quentin rouvrit et alluma la lumière qui aveugla Camille. Elle était tétanisée au milieu de la cave dont les murs demeuraient dans la pénombre. Elle escalada les marches quatre à quatre et se rua sur son verre sans compter les gorgées, plus pour noyer son stress que pour s'acquitter de son gage.

– Ça va ? s'inquiéta Léa.

– Quelque chose m'a frôlée en bas.

– C'est une impression, dit Mehdi. Parfois on imagine des…

Camille l'interrompit aussitôt. Elle n'avait aucune envie de s'expliquer.

– C'est bon, je suis descendue, j'ai vu, j'ai bu ! Maintenant on passe à autre chose.

– Autre chose c'est moi, dit Julien en saisissant le smartphone.

*Julien doit faire hurler de peur
le participant de son choix.*

Il se gratta la tête en souriant.

– Je vais choisir une fille, ce sera plus facile.

– Gros macho, lui lança Mathilde.

– Un gay macho, c'est cohérent, souligna Marie.

– Oh, les filles ! Vous me cherchez ?

Son regard erra autour de la table et s'arrêta sur Camille.

– Non, pas moi, je viens d'avoir ma dose.

Julien se leva brusquement et désigna les pieds de sa voisine.

– Putain t'en as ramené un de la cave! s'écria-t-il.

Camille regarda par terre et hurla en levant les jambes sur un gros rat. D'une pirouette que seule une gymnaste pouvait réaliser, elle se retrouva perchée sur le dossier du canapé.

Julien alla récupérer le rongeur qui s'était enfui devant les cris. Il revint en le caressant dans le creux de son bras.

– Dis-lui bonjour, lança-t-il à Camille au bord de la syncope.

Tous les autres étaient pliés de rire car ils avaient reconnu le rat domestique de Julien.

– Tu l'as amené exprès? lui demanda Maxime.

– Quand on a dit soirée frissons, j'ai forcément pensé à lui. Il fait toujours de l'effet aux filles.

Quentin tendit un verre à Camille pour qu'elle boive ses quatre gorgées.

– Enfoiré, lança-t-elle à Julien.

Elle n'avait pas bougé de son perchoir.

– À ce rythme, Cam va nous faire un coma éthylique avant la fin de la soirée, ricana Mathilde.

– Ouais, faudrait penser à me lâcher un peu.

– Mathilde, c'est à toi, dit Quentin.

La jeune fille découvrit son défi:

*Mathilde doit imiter un zombie
et mordre un participant de son choix
sur cinq parties de son corps.*

– Si tu peux éviter de me choisir, la pria Camille.

– T'as la trouille, hein ?

– Euh... non en fait, dit-elle pour ne pas écoper d'un nouveau gage.

– C'est bon, je choisis Maxime !

– Pourquoi moi ?

– T'es le plus dodu.

Mathilde se leva, contourna la table basse en adoptant une démarche lente et désarticulée, et le mordit au cou.

– T'es un zombie, lui rappela Quentin. Pas un vampire.

– Les zombies ça mange tout, se défendit Mathilde.

Elle regarda sa proie.

– Allez, à poil.

– Quoi ?

– Ben, je ne vais pas bouffer tes fringues.

Maxime renvoya aux autres une moue dubitative.

– Elle t'a choisi, dit Quentin. Tu te démerdes.

Il leva son tee-shirt.

– Miam ! fit Mathilde à fond dans son défi.

Elle lui mordit le ventre.

– Vire ton jean.

– Quoi ? Tu vas quand même pas... ?

– Ne prends pas tes fantasmes pour la réalité.

Il baissa son pantalon. Mathilde le mordit à la cuisse et au tibia.

– Plus qu'une partie, dit Quentin.

– Les fesses ! Les fesses ! Les fesses ! gueulèrent les autres en chœur.

– C'est soit les tétons, soit les fesses, dit Mathilde.

– Les tétons, ça fait trop mal.

Il baissa son caleçon. Mathilde mordit dans la chair du postérieur de Maxime en grognant comme une morte-vivante. Les applaudissements et les sifflets saluèrent la prestation. Seul Mehdi n'appréciait pas. Maxime se rhabilla pendant que Mathilde effectuait un tour victorieux de la table, bras levés et mains pendantes, comme échappée d'un film de George Romero.

C'était au tour de Mehdi. Il découvrit ses consignes en fronçant les sourcils :

Chacun votre tour,
donnez un titre de film d'horreur
dans lequel des jeunes se font tuer.
Faites cinq tours.
Celui qui est à court de titre boit 2 gorgées.
Sauf Mehdi qui en boit 4... car c'est son défi !

– Jeunes comment ? demanda sèchement Mehdi.

– Comme nous, répondit Quentin.

– Des films avec l'inévitable sportif hardi, développa Mathilde. La blondasse à gros nibards, l'intello à lunettes, le Chinois ou le Black incarnant les minorités, le crétin qui se fait toujours dézinguer en premier...

– Merci pour l'allusion à la blondasse à gros nibards, rouspéta Camille.

– Moi j'adore les filles aux cheveux d'or et à la poitrine opulente, la défendit Maxime.

– On n'a qu'à valider les films où les victimes sont des ados ou des étudiants, décida Marie.

Mehdi fixa le smartphone comme si la réponse s'y trouvait.

– *Halloween*, commença-t-il.

– *Massacre à la tronçonneuse*, dit Marie dans la foulée.

– *Piranha 3D*! s'exclama Maxime. Mon film culte.

– *Halloween 2*, dit Léa.

– T'as pas le droit de reprendre un titre, sinon on n'a pas fini entre la douzaine de *Halloween* et de *Vendredi 13*... oups!

– *Vendredi 13*, fit Léa en écho. Merci.

– *Destination finale*, dit Quentin.

– *Scream*, dit Camille.

– *La Maison de cire*, dit Julien.

– C'est quoi ce film? douta Quentin.

– Je l'ai vu, intervint Maxime. C'est le film où Paris Hilton se fait défoncer la tronche.

– Faudra que je le voie, dit Mathilde, j'aime bien le pitch. À moi, euh... *All the Boys Love Mandy Lane*. Avec Amber Heard. Une tuerie!

– *Hostel*, dit Mehdi.

– *Carrie*, dit Marie.

– *La Cabane dans les bois*, dit Maxime.

– Je suis sûr que ça n'existe pas et que tu viens de l'inventer, lança Quentin.

– C'est ça, ouais, je peux même te donner le titre original: *The Cabin in the Woods*.

– C'est validé, dit Julien après avoir vérifié sur son smartphone. Film de Drew Goddard. Cinq étudiants sont victimes d'une famille de zombies.

– Ouais, et contrairement aux apparences, le scénar est excellent, souligna Maxime.

– *Evil Dead*, proposa Léa.

– *Cabin Fever*! dit Quentin. Réalisé et joué par Eli Roth! C'est l'histoire d'une bande de jeunes qui ont loué une cabane dans la forêt pour fêter la fin de leurs études. Ils rencontrent un type infecté par un virus et se font bouffer les chairs...

– T'es pas obligé de nous raconter le film, l'interrompit Mehdi.

– C'était au cas où vous auriez cru que j'inventais.

– Je suis sûr que c'est moi qui t'ai fait penser à ce film avec mon *Cabin in the Woods*, regretta Maxime.

– Hé! Hé!

– *Souviens-toi... l'été dernier*, dit Camille.

– *Le Projet Blair Witch*, dit Julien.

– *Sucker Punch*, dit Mathilde.

– *The Descent*, dit Mehdi.

– C'est pas bon, lui signala Marie. Dans *The Descent*, c'est un groupe de femmes qui font de la spéléo, pas des ados ni des étudiantes.

– Vous faites chier, râla Mehdi.

Il but ses quatre gorgées à contrecœur.

– Si ça t'emmerde, tu peux aller jouer en haut, l'attaqua Quentin. J'ai une Xbox One.

– C'est bon, ça va, j'ai bu mon verre, non?

– *Battle Royale*, enchaîna Marie pour éviter que l'échange ne s'envenime.

– *The Faculty*, cita Maxime.

Ils firent trois tours au terme desquels ils commencèrent à sécher et donc à boire, se trompant sur l'âge des victimes, allant de plus en plus souvent vérifier les titres sur Internet. Seule Marie réussit un sans-faute. Quentin se crut malin en proposant *Fear Crime,* l'histoire de huit jeunes qui se réunissent un soir pour s'amuser à se faire peur avant de réaliser qu'ils sont réellement menacés par une force maléfique. Ses camarades comprirent qu'il venait de l'inventer quand il ajouta que l'action se passait au col de Vence.

Lorsque Marie découvrit son défi, elle se marra :

*Marie doit s'exprimer comme Gollum
jusqu'à la fin de la partie.*

Marie se recroquevilla comme la créature du *Seigneur des anneaux* dépeinte par Peter Jackson et se mit à l'imiter avec un timbre de voix rocailleux et caverneux.

– Nous devons avoir le pré-ciiiieux… ils nous l'ont VOLÉ!! Sales sournois petits Hobbits!…

Puis vint le tour de Maxime.

*Maxime va nous faire le plaisir de vider son verre
avant de répondre en moins d'une seconde
à la question suivante.*

Maxime s'exécuta et toucha l'écran pour lire la fameuse question :

*Comment s'appelle le film avec Hannibal Lecter
et l'agent Clarice Starling ?*

– *Le Seigneur des agneaux*! répondit Maxime du tac au tac.

– Tu t'es fait avoir! s'esclaffa Marie. C'est *Le Silence des agneaux*! On confond tout le temps.

– Toi aussi tu t'es fait piéger, nota Quentin. Tu as parlé sans l'accent de Gollum.

– Traîîîître! se rattrapa-t-elle en se raclant la gorge à la manière du Hobbit délabré.

Elle dut néanmoins avaler comme Maxime quatre gorgées de vodka orange.

Léa sourcilla à l'énoncé de son défi:

Léa va s'absenter pour faire le tour de la maison à moins qu'elle ne préfère vider son verre.

Elle regarda à travers la vitre trempée et prit sa décision.

– Pour la sortie nocturne, j'ai déjà donné, déclara-t-elle.

Elle porta un toast, signifiant qu'elle déclinait la première proposition et s'apprêtait à s'acquitter de son gage.

Au même moment, ils entendirent un bruit de pas rapides et saccadés. On aurait dit que quelqu'un courait avec des béquilles. Quentin posa son index sur la bouche pour prescrire le silence. Ils tendirent l'oreille. La tempête faisait claquer les bâches de chantier, se froisser les frondaisons, craquer la charpente et gémir les huisseries. Ce concert des intempéries ne les empêcha pas de percevoir à nouveau l'étrange course.

Teketeketeketeketeketeketeketeketeketeketeke!

Ce qui les inquiétait le plus c'était que cela provenait de l'intérieur de la maison.

9.

— T'as bien fermé la porte d'entrée? demanda Léa à Quentin.

— Oui, j'ai verrouillé.

— Il y a un animal, commenta Julien.

— Un animal avec une canne alors, le corrigea Maxime.

— Cela venait d'où? s'inquiéta Léa.

— De la cave, répondit Camille encore traumatisée par sa brève expédition dans le sous-sol.

— N'importe quoi, c'était au-dessus de nous, dit Julien.

— Il a raison, témoigna Quentin en se levant.

Il gagna le premier étage à pas de loup et passa devant la bibliothèque. Il s'arrêta sur le seuil d'une chambre dont la porte était fermée, tourna la poignée avec la précaution d'un cambrioleur et ouvrit.

Il fut brusquement happé dans l'entrebâillement.

Quentin réapparut en s'accrochant au chambranle, se débattit, s'efforça de s'arracher aux deux mains qui l'étranglaient. Ses camarades se précipitèrent dans l'escalier pour se porter à son secours.

Quentin étouffait. Pas d'étranglement, mais de rire. Seul sur le seuil, il serrait son propre cou en se marrant. Il pointa son doigt sur la stupeur de ses camarades et s'exclama :

– Tournée générale !

– T'es débile ou quoi ? se fâcha Léa. On a vraiment cru que t'allais y passer.

– L'art du mime, tu connais pas ?

– Depuis qu'on est arrivés, on se fait tous avoir comme des cons, se plaignit Mehdi.

– C'est un peu le but de la soirée, nota Mathilde.

– Tout ça ne nous renseigne pas sur l'origine du bruit, constata Camille.

Quentin prit un air sérieux et deux ouvrages dans la bibliothèque.

– Allons boire un coup, vous le méritez, commanda-t-il. Ensuite, j'aurai quelque chose à vous dire.

10.

– Vous avez déjà entendu parler des manifestations paranormales dans la région du col de Vence ? demanda Quentin.
– Vaguement, répondit Marie.
– Des créatures invisibles ?
– Des conneries, grogna Mehdi.

Quentin jeta les deux livres sur la table basse, renversant au passage un gobelet.

– Et ça, c'est des conneries ?

La couverture du premier ouvrage, intitulé *Les Invisibles du col de Vence*, représentait un coucher de soleil aux allures de feu de forêt. Un sous-titre annonçait la couleur : *Enquêtes et révélations sur une zone d'anomalies permanentes*. Le second livre avait pour titre *Les Mystères du col de Vence*. Il rapportait 30 ans d'investigations menées par Pierre Beake et l'Association du col de Vence.

– Deux bouquins de référence sur ce qui est considéré comme le lieu le plus mystérieux de France, déclara Quentin d'une voix solennelle.

– Pourquoi mystérieux ? demanda Mathilde dont la curiosité avait été piquée.

– Cet endroit est une zone d'*anomalies récurrentes* comme ils disent. Je vous passe les raisons pour lesquelles on l'appelait autrefois le plateau du Diable.

– Concrètement ?

– Concrètement, le 5 mars 1994, vers 23 heures, on a observé l'apparition d'un OVNI triangulaire. L'engin s'est déplacé lentement, en silence, avant de disparaître comme par enchantement au bout de deux minutes.

– Comment tu sais tout ça ?

– C'est là-dedans, répondit-il en désignant les deux volumes.

– Des conneries, répéta Mehdi.

– Des témoins ont confirmé avoir vu cet OVNI, argua Quentin.

– Tu as toujours des gens qui croient voir des trucs dans ces cas-là, douta Marie.

– Je précise quand même que des journalistes se sont pointés et ont constaté un vol en formation de trois engins lumineux. Que des photos et des films ont été pris. Que des gendarmes ont enquêté sur place et ont rapporté des apparitions inexplicables. Et ça pendant deux mois !

– Où veux-tu en venir ? demanda Camille.

– Aux visiteurs dont parlait mon grand-père.

– Il cherche à nous faire peur pour nous faire boire, devina Maxime.

– Les manifestations n'ont jamais cessé, continua Quentin.

– Comme quoi par exemple ?

– Du genre le proprio d'un resto qui découvre un matin que toute sa terrasse s'est envolée.

– C'est ce qui risque de nous arriver à nous aussi, souligna Maxime en regardant à travers la vitre.

– À la différence que dans le cas du resto, la météo était d'un calme absolu. Pas un pet de vent ! Pourtant, on a retrouvé les parasols tordus, les tables et les chaises éparpillées aux quatre coins de sa propriété...

– Des racailles venues de Nice pour se défouler, le coupa Mathilde en allumant un joint.

– Ouais, et les racailles sont aussi responsables des véhicules qui tombent subitement en panne, des batteries des caméscopes qui se vident d'un coup, des appareils photo qui se bloquent, des traces au sol circulaires ?

– Des appareils photo qui se bloquent, tu dis ? s'étonna Marie.

– Entre autres phénomènes.

– Le mien a merdé tout à l'heure.

Elle alla chercher son appareil et essaya de l'allumer.

– Il ne fonctionne toujours pas, là. Et je l'avais chargé avant de venir.

– C'est ça le problème, il n'y a pas d'explication. Enfin pas d'explication rationnelle.

– Sur cette histoire d'OVNI, intervint Camille, qu'est-ce qu'ils disent tes bouquins ?

Quentin en ouvrit un pour y pêcher une réponse étayée.

– D'après les rapports des observateurs, le triangle lumineux est réapparu plusieurs fois. Attends…

Il feuilleta fébrilement les pages jusqu'à ce qu'il tombe sur l'information qu'il cherchait.

– L'OVNI a été filmé pendant quatre minutes… Le 5 septembre 1996 à minuit et quart et le 13 septembre à 23 h 10.

– Ils ont filmé des Martiens aussi ? se moqua Mehdi.

Dans une soirée normale comme celle qu'ils avaient l'habitude d'organiser, la remarque de Mehdi aurait fait rire tout le monde. Ce ne fut pas le cas cette fois. Même Maxime, qui était toujours le premier à plaisanter, n'esquissa pas l'once d'un sourire.

– Des Martiens, non, répondit Quentin. C'est plutôt Tim Burton qui les a filmés dans *Mars Attacks !* Les observateurs du col de Vence, eux, ont vu autre chose.

– Ils ont vu quoi ? s'impatienta Julien.

Quentin alla quérir la réponse dans le chapitre intitulé « Photos surprises » :

– En 1995, Pierre Beake et d'autres personnes se sont pris en photos dans le coin avec des appareils différents. Une sphère blanchâtre apparaissait à côté des personnes photographiées. L'objet était bien réel. Regardez, là, on le voit nettement sur ces images.

Il passa l'ouvrage à ses camarades.

– Ces bouquins parlent d'une multitude de phénomènes paranormaux comme des bruits de moteurs électriques ronronnant dans le ciel, de pierres tombant de nulle part, d'incendies aux causes bizarres. Il arrive que des automobilistes qui traversent la région trouvent des cailloux sur le siège de leur voiture. Des touristes ont rapporté que sur certaines de leurs photos, les visages étaient méconnaissables.

– C'est tout et n'importe quoi ton truc, commenta Mehdi.

– Quel rabat-joie! lui balança Camille.

– De quelle joie tu parles exactement?

– Tout à l'heure dans mon anecdote sur le vol de bonbons, je ne vous l'ai pas précisé parce qu'à ce moment-là ça ne signifiait rien pour vous, mais cette nuit-là, j'ai vu une pierre sur la table de la cuisine.

– Je sens qu'on ne va pas tarder à en découvrir une dans la maison, prédit Maxime en enfournant une poignée de chips avec un air entendu.

– Je vous épargne les histoires de mon grand-père, conclut Quentin. Vous ne me croiriez pas de toute façon.

– Tu ne m'as jamais raconté tout ça, lui reprocha Léa.

– Ton grand-père avait une explication? demanda Julien.

– Il les appelait «les visiteurs». Pendant vingt-cinq ans il s'est habitué à leurs allées et venues.

– Il est entré en contact avec eux?

– Une seule fois. Mais je préfère ne pas en parler.

– T'as peur de nous faire peur? demanda Marie.

– Ouais.

Il descendit son verre de whisky Coca.

– Allez, dis-nous! insista Julien.

Quentin savait raconter les histoires, en ménageant le suspense avec de longs silences et des rebondissements. Ses camarades étaient suspendus à ses lèvres.

– Qu'est-ce que vous avez tous à me regarder comme ça ?

– T'en as trop dit, on veut savoir comment ton grand-père est entré en contact avec *tes visiteurs*, répondit Marie qui insista sur les deux derniers mots.

– Bois un coup, ça t'aidera à te lâcher, conseilla Maxime.

– T'as peur de quoi exactement ? demanda Léa à Quentin.

– Il se fait flipper tout seul, constata Mathilde. L'arroseur arrosé !

Elle lui tendit un verre à l'appui de sa remarque.

– Je vais chercher une autre bouteille à la cuisine, dit Camille.

Quentin semblait réellement perturbé. Il avala plusieurs gorgées qui contribuèrent à lui délier la langue.

– Mon grand-père m'a appelé, il y a quelques mois. Il voulait savoir si je me rappelais la nuit où je m'étais levé pour voler des bonbons. Forcément, ça ne s'oublie pas. Il m'a alors dit qu'« il » était revenu.

– Qui ça ?

– Je lui ai posé la même question. Il s'agissait du visiteur que j'avais aperçu dans la cuisine. Il était là, au même endroit, planqué derrière le frigo. Mon grand-père l'avait vu.

– À quoi il ressemblait ?

– C'est ce que je lui ai aussi demandé. Il m'a déclaré qu'il ne pouvait pas en parler au téléphone. J'ai cru que c'était un prétexte pour que je lui rende visite.

– Et alors ?

– Je n'ai jamais revu mon grand-père. Il est mort le lendemain d'un arrêt cardiaque.

– Tu déconnes! s'écria Mathilde.

– Non. J'ai parlé à mes parents de ce qu'il m'avait confié. Ils ont haussé les épaules. Pour eux, il n'avait plus toute sa tête.

– N'empêche que tes vieux ont truffé l'endroit de caméras.

– Là-dessus, j'ai menti, elles sont vraiment là pour les cambrioleurs, pas pour d'étranges visiteurs issus de l'imagination d'un gamin et d'un vieillard.

– Elle n'était pas ouverte! s'écria soudain Camille.

Elle se tenait debout devant l'entrée de la cave, une bouteille de vodka à la main.

– De quoi tu parles? s'étonna Maxime.

– La porte de la cave! Elle est entrebâillée.

– Et alors?

– Je l'avais fermée. Ça, j'en suis sûre.

– T'as pas fait gaffe, c'est tout, la rassura Quentin.

– Non, j'avais bien vérifié.

– T'insinues qu'il y a quelqu'un d'autre dans la maison? demanda Julien.

– Quentin, c'est toi! accusa Marie. T'es en train d'essayer de nous faire croire à la présence de tes visiteurs. Ils sont en bas dans la cave et c'est l'un d'eux qui a fait peur à Camille tout à l'heure, c'est ça?

– C'est vrai que j'ai voulu vous effrayer avec mes histoires. J'ai épluché ces bouquins pour avoir des arguments solides. Mais une chose est certaine, je n'ai pas touché à cette porte, sur la tombe de mon grand-père!

À ce stade de la soirée, les huit adolescents commençaient à éprouver les effets de l'alcool qu'ils avaient consommé au fil des jeux et des défis. La frontière entre la mascarade et la réalité devenait floue. Les parts de vrai et de faux s'intriquaient au point qu'ils percevaient la présence d'étrangers dans la maison sans se douter du réel danger qui les menaçait...

11.

Ça fout la frousse, mon truc t'étouffe comme le couscous
C'est la grosse secousse dans la brousse

Installés dans le salon, ils mangeaient sur *Apocalypse 894* de Stupeflip un plat de spaghettis à la diable, comme l'avait qualifié Maxime. Celui-ci avait préparé une sauce très personnelle à base de tomates fraîches, d'oignons, de lardons, d'ail et de tous les épices et piments qui lui étaient tombés sous la main. Cette pause culinaire leur permit d'émailler le repas d'éclats de rire. Ils tirèrent définitivement un trait sur la venue de Clément, sans se préoccuper des raisons de son absence. Léa avait laissé deux messages sur la boîte vocale de son téléphone. Cela leur suffisait pour en conclure que Big Boloss n'était pas digne d'intégrer leur bande. Puis Marie eut la bonne surprise de retrouver son appareil photo en état de marche. Elle en profita pour mitrailler ses amis en train de ripailler.

– Je suis full, dit Léa.

– Quoi, tu ne vas pas manger les makrouds de ma mère ? lui lança Mehdi.

Elle faillit lui répondre qu'elle n'avait plus la place dans son estomac pour un gâteau à pâte de semoule et de dattes frit dans l'huile et trempé dans du miel, mais elle se souvint de la susceptibilité de Mehdi à propos de tout ce qui concernait sa mère. Léa se ravisa donc.

– J'en mangerai un pour le plaisir.

– Elle les a faits pour vous, insista-t-il.

Dehors, la pluie avait provisoirement cessé de tomber et l'orage était allé tonner plus loin. La tension était retombée. Le son qui jaillissait des enceintes, entre Eminem et Chinese Man, poussa Camille à se délier hors du canapé et à danser. Elle pouvait bouger sur n'importe quelle musique, tout était grâce et sensualité chez elle.

Maxime la regardait avec les yeux d'un enfant devant une fée prête à exaucer ses vœux. Il était amoureux de Camille depuis le premier jour, depuis qu'elle lui avait adressé un « Bonjour, moi c'est Camille, et toi ? » qui tournait encore en orbite dans sa tête. Camille était populaire dans son lycée, sans être bêcheuse. Elle refusait d'être entourée d'une cour. Elle allait volontiers vers les autres en s'excusant presque d'être belle et intelligente.

Le jour où ils avaient décidé de constituer une bande incluant Camille avait été le plus beau de la vie de Maxime. Cela signifiait qu'il avait une longueur d'avance sur la concurrence, même si la règle imposait de ne pas avoir d'affaires de cœur entre eux pour éviter que le groupe n'explose. Léa et Quentin ayant bafoué cette règle et Julien étant gay, Maxime n'avait que Mehdi pour véritable rival. Malgré le charme et le bagou de ce dernier, il ne s'était rien passé entre Camille et lui. Du moins à sa connaissance. Maxime, lui, n'avait rien tenté pour ne pas briser tous ses espoirs. Mais ce soir-là, enhardi par l'alcool, il misa sur sa chance en se frottant lascivement à elle sur un tube de Camila Cabello.

Havana, ooh nah nah
Half of my heart is in Havana, ooh nah nah

Camille virevoltait, ondulait, frappait le sol du pied, échappait soudain à la gravité sous un tourbillon de cheveux blonds. Maxime se dandinait gauchement, bombardé de phéromones et d'effluves Dior. Il avait l'air d'un cow-boy empoté s'échinant à dompter un cheval sauvage dont la crinière lui effleurait le visage à chaque ruade. Incapable de s'aligner sur la chorégraphie de Camille, il s'empressa d'enchaîner avec un slow pour approcher la belle. Il sélectionna *The Solution* de Stupeflip et ouvrit les bras dans sa direction comme une évidence. Camille se colla à lui, en sueur, le cœur battant après l'effort.
– Excuse-moi, je transpire un peu.
Il essaya de trouver un truc drôle et allusif.
– C'est toi qui transpires et moi qui fonds.
Voilà tout ce qui lui était venu à l'esprit.
– C'est gentil.
– Tu sais que je peux être plus que gentil ?

– Du genre ?
– Pour toi, je pourrais faire un régime.
– Pour moi ?
– Je pourrais même arrêter de jouer au poker.
– Décrocher de deux drogues en même temps ? Et pourquoi tu ferais ça ? Je t'aime bien comme tu es.
– Pour te plaire encore plus. Pour que tu ne te sentes plus obligée de mettre le mot « bien » dans une phrase comme « je t'aime bien comme tu es ».

Camille plissa les paupières. Le sol se mit à bouger en même temps que le plafond. Son estomac se contracta. Sa performance débridée combinée à son alcoolémie lui avait donné la nausée. Elle se tut, s'accrocha à Maxime et posa sa tête sur son épaule pour ne pas choir.

T'es flippant, t'as craqué, sur des trucs crades
t'as cliqué
T'es planqué, un de ces quatre tu seras démasqué
T'es visqueux, t'es pisté, ces violences
que t'as postées
T'es flippé, t'es piqué, faudra te faire dépister

Marie s'était levée pour inviter Julien qui se laissa conduire.
– Je vais imaginer que tu es un homme, lui souffla-t-il dans l'oreille.
– Sympa... Alors, faut que je m'attache les cheveux !
Elle tira sa crinière vers l'arrière et domestiqua l'ensemble avec une aisance toute féminine, à l'aide d'un élastique qu'elle avait sorti comme par magie de la poche de son jean.

À côté d'eux, Mathilde pirouettait au ralenti, bras écartés comme si elle planait, plus sous l'effet de ce qu'elle avait consommé que sous celui des watts.

Léa et Quentin, le seul couple de la bande, s'embrassaient en dansant. Leurs affinités avaient été plus fortes que leur engagement tacite de ne pas avoir de relations au sein du groupe. Léa et Quentin étaient ensemble depuis six mois et cela n'avait pas affecté la cohésion des Huit. Les deux jeunes restaient discrets sur leur liaison et évitaient les effusions publiques. À l'exception de ce soir-là où la musique, les émotions fortes et surtout l'alcool avaient un peu chamboulé la bienséance.

Le slow des deux amants passablement ivres se transformait progressivement en un corps à corps débraillé sous le regard noir de Mehdi. Ce dernier était méconnaissable ce soir. En temps normal, il aurait bondi le premier sur Camille pour l'inviter à danser. Si elle avait décliné, il se serait rabattu sur Mathilde. Mais là, il était resté assis et fixait ses camarades comme s'il les jugeait.

Il vit soudain Camille passer devant lui les mains sur la bouche. Elle se ruait vers les toilettes pour vomir.

Au terme du slow, la musique électro hip-hop reprit ses droits. Les jeunes regagnèrent peu à peu leurs places autour de la table basse. Ils s'étaient provisoirement déconnectés de la soirée frissons, avaient oublié les bruits étranges, les portes qui s'ouvraient toutes seules, les appareils photo qui se bloquaient et les histoires de mystérieux visiteurs. Un moment de flottement délita l'ambiance, durant lequel ils furent tous accaparés par leur téléphone portable.

La musique s'arrêta brusquement en plein milieu d'un tube de Gorillaz.

Les lumières s'éteignirent.

Un son discordant traversa le salon. Un bruit de gorge s'étirait lentement sur une longue aspiration.

Les jeunes se regroupèrent derrière le canapé et allumèrent la lampe torche de leurs portables qu'ils braquèrent sur la mezzanine en direction du bruit. Un violent coup contre la porte de l'une des pièces d'en haut les fit sursauter. Puis un deuxième. Puis un troisième. De plus en plus violent.

– Ça vient de la chambre d'amis, les informa Quentin.

– Des amis de quel genre ? demanda Maxime.

Un quatrième coup fit trembler les murs et crier Quentin.

– Aïe !

Léa lui avait enfoncé ses ongles dans le bras.

– Elle est verrouillée ? interrogea Julien.

– Non, répondit Quentin. Il suffit de tourner la poignée et de tirer. Ce n'est certainement pas en tapant dessus de l'intérieur qu'elle va s'ouvrir.

– En ce cas, il y a quelque chose dans cette pièce qui ne sait pas se servir d'une poignée et qui essaye de sortir, constata Mehdi.

– Camille ? s'exclama Maxime en réalisant qu'elle n'était pas avec eux.

– Camille sait ouvrir les portes, souligna Julien.

– Elle est en train de vomir aux toilettes, ajouta Mehdi.

– T'es sûr ? demanda Léa.

– Je l'ai vue foncer tout droit vers les chiottes pendant que vous vous pelotiez.

– Camille ! appela Quentin.

Il reçut en écho un nouveau coup contre la porte de la chambre du premier étage, plus violent encore. Celle-ci s'ouvrit comme si l'intrus qui se trouvait derrière avait enfin compris qu'il fallait la tirer et non la pousser. Quelque chose cavala sur la mezzanine.

– Là ! J'ai vu quelque chose, s'écria Marie qui arrosait de sa lumière le haut des escaliers.

– T'as vu quoi ?

– Je sais pas, ça se déplaçait trop vite.

– On aurait dit une... bête, commenta Julien.

Le bruit de gorge se fit à nouveau entendre en haut des marches.

– Un sanglier ? suggéra Julien.

– Un sanglier ne pousse pas ce genre de cri, souligna Léa.

– Pourquoi, t'en as déjà entendu ?

– On s'en ballec du cri du sanglier ! s'énerva Mehdi. Qu'est-ce que vous voulez qu'un putain de sanglier foute dans cette putain de chambre ?

Les lumières des portables convergèrent vers l'escalier qui demeurait désert. Une forme noire dévala soudain les marches quatre à quatre avant de se réfugier derrière un fauteuil.

– Vous avez vu ça ? s'exclama Quentin.

– Je vais me pisser dessus, avoua Léa.

Mehdi fut le premier à bouger. Il se leva.

– Tu fais quoi ? demanda Maxime.

– Je vais vérifier que Camille est toujours aux chiottes.

Il se dirigea discrètement vers les toilettes. Sa progression fut stoppée par un nouveau bruit de gorge. Deux membres et une tête sans traits apparurent au-dessus du dossier du fauteuil. Une cabriole improbable propulsa le reste de l'étrange anatomie de l'autre côté du siège. La tête en bas. Une torsion du corps propulsa la créature sur ses deux membres supérieurs, lui donnant une allure plus humaine bien qu'on ne distinguât pas de visage. Elle s'approcha des jeunes avec des mouvements saccadés, à la fois lents et brusques, quasiment désarticulés et qui n'avaient rien d'humain. Mehdi recula lentement vers les toilettes sans quitter l'intrus des yeux.

– Camille ? lança Marie d'une voix proche de la syncope. C'est toi ?

Mehdi choisit ce moment pour bondir vers les W.-C. Vides, à l'exception d'une robe abandonnée au sol. Dans le salon, la créature effectua un bond de côté contraire à toutes les lois de la physique avant de filer à la cave.

– Va fermer la porte, vite ! commanda Léa à Quentin.

Il n'en eut pas le temps. La lumière revint au bout de quelques secondes, avec la musique… et la créature.

– Tataaaannn ! fit Camille en retirant sa cagoule et en saluant l'audience médusée.

– Comme tu nous as bluffés ! s'écria Maxime.

– Allez ! À votre tour de boire ! s'exclama-t-elle avec un air de victoire.

– C'était énorme ! approuva Quentin. Comment t'as fait ça ?

Camille avait enfilé une combinaison noire qui se fondait dans l'obscurité. Bombardée de questions, elle leur expliqua son tour de passe-passe. C'était Clément qui lui avait donné l'idée en citant *L'Exorciste* parmi les films qui l'avaient le plus terrifié.

La scène où la petite Regan descend l'escalier à quatre pattes et à l'envers, complètement désarticulée en vomissant du sang, était en effet l'une des plus impressionnantes du cinéma.

Camille avait prétexté une envie pressante de vomir en s'assurant que Mehdi l'avait bien vue filer aux toilettes. Elle y avait préalablement caché un sac contenant son déguisement. Pendant qu'ils dansaient, elle était sortie discrètement pour aller couper le courant dans la cave. Elle avait repéré le disjoncteur lors de son défi. À travers l'obscurité qui la rendait invisible, elle avait gagné le premier étage et s'était glissée dans l'une des chambres. À partir de ce moment-là, elle avait exploité les histoires de Quentin au sujet d'étranges visiteurs et avait cogné violemment la porte, pour annoncer l'apparition de «la créature».

– Je me suis inspirée de la contorsionniste Linda Hager qui a doublé l'actrice dans *L'Exorciste*, expliqua Camille passionnée de performance corporelle. J'ai bossé le truc comme une malade pendant trois semaines. Je l'ai combiné avec une technique du théâtre kabuki...

– Kabu quoi? la coupa Maxime.

– Kabuki. C'est une danse japonaise qui consiste à exagérer les mouvements pour exprimer les émotions. T'as vu *Ring*?

– Ouais.

– Eh bien, le personnage de Sadako est joué par Rie Inou qui a emprunté ses mouvements au kabuki. Elle était d'abord filmée en train de marcher en arrière, puis on passait la scène à l'envers. Ça donne à l'écran une démarche pas naturelle. Et cent pour cent flippante.

– C'est toi qui as jeté ça par terre? demanda Quentin.

Il ramassa une pierre au pied de l'escalier.

– Une pierre? Pour quoi faire?

– Ce n'est pas une de tes pierres tombées du ciel? se moqua Mathilde.

– Je déconne pas avec cette histoire! se défendit Quentin.

– Et ce cri c'était quoi? demanda Léa à Camille.

– Tu te rappelles pas? Dans *The Grudge*!

Elle ouvrit la bouche et aspira en produisant un profond et lent cri de gorge.

– La vache, t'as plus bossé pour cette soirée que tu ne le feras pour le bac, plaisanta Maxime.

– N'empêche que ça m'a donné des idées pour le projet de fin d'année.

– Pour ta robe de mariée en papier cul? s'étonna Julien.

– Laisse tomber, je vais plutôt préparer une performance. En plus le prof n'arrête pas de nous soûler avec ça. Je vais inventer une forme de danse que j'appellerai le «sadabuki», contraction entre Sadako et kabuki. Un genre de danse horrifique, quoi!

– T'as raison, moi aussi je vais présenter une performance, dit Mathilde.

– Tu vas faire quoi?

– Un truc qui produise son effet.

– En clair ? demanda Julien.

– C'est pas encore bien défini dans ma tête.

– Inutile de se cacher nos projets entre nous.

– En même temps, une planche de BD avec un superhéros gay, il n'y a pas grand monde qui va te piquer l'idée.

– Je suis sûr que la tienne ne risquera pas d'être copiée non plus.

– Qu'est-ce que tu en sais ?

– Tu ne ressembles à personne.

– Si tu n'étais pas homo, je prendrais ça pour une déclaration.

– Allez, crache le morceau, Mathilde, la pria Marie.

– Dis-nous toi d'abord.

– Moi ? T'as pas deviné ?

– Tu vas sûrement présenter un truc en noir et blanc.

– Je travaille sur un extrait du film *Les Lumières de la ville*. Vous voyez la scène de la première rencontre entre Chaplin et Virginia Cherrill ?

– Non, mais on t'écoute.

– Je vais me filmer dans le rôle de l'aveugle, sur fond vert, et m'incruster à la place de l'actrice. Ce sera ma rencontre avec Chaplin.

– Quel rapport avec le sujet ?

– Le sujet porte sur la différence, non ?

– Oui et alors ? C'est quoi la différence que tu mets en avant ?

– Ben, explique-moi en quoi c'est commun de se retrouver dans le rôle d'une aveugle en 1931 face à Chaplin qui t'offre une fleur. Maintenant, à toi, Mathilde.

– OK. Voilà. Je vais me raser la tête et me faire tatouer un deuxième visage au dos du crâne. Une version pile.

Quelques secondes s'écoulèrent pendant lesquelles chacun essaya d'imaginer à quoi ressemblerait Mathilde si elle allait jusqu'au bout de son idée.

– Bon, ça va, frères, arrêtez de faire ces tronches! On dirait que je viens de vous annoncer un décès.

– T'es sérieuse, là? demanda Camille.

– Je vais réaliser une performance, quoi! Comme toi! Sauf que la mienne durera un peu plus longtemps. J'hésite encore sur le visage que je vais choisir. Ou alors, ce sera un tentacule de la pieuvre que je me fais tatouer sur le corps?

– T'es complètement ouf, commenta Léa.

– Non, ça, c'est ce que disent les autres sur nous. Parce qu'on se distingue de ceux qui sont aux normes. Ce sujet de devoir sur la différence est fait pour nous. Alors ne passons pas à côté.

– Elle a raison, approuva Quentin. Même le tien, Léa, est pas mal barré.

Léa le bombarda d'un regard noir.

– On aimerait bien être dans la confidence nous aussi, s'intéressa Maxime.

– Tu peux leur dire, ça risque rien, insista Quentin.

– Maintenant que tu les as appâtés, c'est sûr.

Ils se mirent tous à crier «Léa! Léa! Léa!».

– Vous connaissez Pascale Lafay?

– Qui?

– Une artiste plasticienne que j'aime beaucoup. Elle a réalisé *Ouvre les Yeux*, une vidéo géniale dans laquelle on suit, chacune leur tour, des personnes qui ont les yeux fermés. Pascale Lafay leur a placé un objet entre les mains, puis elle leur dit d'ouvrir les yeux et elle filme leur réaction.

– Quel objet ? demanda Marie.

– Un flingue.

– Wouaou !

– C'est amusant de voir tous les réflexes différents des gens à la vue du flingue. Cela va de la personne qui veut se débarrasser de l'arme à celle qui braque le spectateur, en passant par celle qui plaque le canon du pistolet contre sa tempe comme pour se suicider.

– Et tu vas plagier cette vidéo ?

– Je vais m'en inspirer, m'adapter à une tendance de l'art contemporain qui tourne souvent autour de pipi-caca-bite-cul. À la place du flingue, je mettrai dans la main de mes cobayes un godemiché.

– Quoi ? s'étouffa Marie.

– Excellent ! approuva Mathilde.

– C'est osé ton truc, avoue, jugea Quentin.

– Ouais mais ça marche. Mon frère est aux Beaux-Arts et, quand tu vois ce qu'il fait, je peux t'assurer que l'art a plus à voir avec Paul McCarthy[1] qu'avec Michel-Ange.

– C'est ton frère qui t'a conseillé de faire ça ?

– Il m'a conseillé de faire de la provoc. Ça paye plus que le beau. Par contre mon père l'a appris et il a méchamment les boules.

– Avec un godemiché, c'est normal, dit Maxime.

---

1. Paul McCarthy est l'auteur de *Tree*, un plug anal gonflable de 24 mètres de haut exposé en 2014 place Vendôme à Paris.

– Très drôle.

– Vous n'êtes que de la merde ! leur cria soudain Mehdi. Tous autant que vous êtes !

Ce fut moins ce qu'il avait crié que ce qu'il tenait dans son poing qui stupéfia ses camarades.

Mehdi pointait sur eux un pistolet automatique.

Et il n'avait pas l'air de plaisanter.

12.

– T'as pété un plomb ? s'écria Quentin.
– Ta gueule !

Sous la menace de son arme, Mehdi leur ordonna de s'allonger face contre terre, les mains sur la nuque. Quentin ne le prit pas au sérieux et s'avança vers lui. Mehdi leva le bras et tira en direction de la charpente. La détonation leur perça les tympans. C'est l'une des grosses différences avec le cinéma. Dans la réalité, l'éclat d'un coup de feu transperce la cible avant la balle, comme un avant-goût fulgurant de la mort.

Trois secondes plus tard, ils étaient tous à plat ventre, y compris Quentin.

– T'es malade ou quoi ! lui lança à son tour Maxime.
– Moins que la bande de dégénérés que vous êtes. Cela faisait longtemps que j'attendais ce moment.
– De quoi tu parles ? s'inquiéta Mathilde.
– Détourne le regard et colle ton nez au sol, salope ! ordonna Mehdi en lui plaquant sa semelle sur la tête.

On vous donne la liberté et vois le résultat ! Une sale pute dégénérée qui veut se faire tatouer le crâne, une allumeuse friquée animée par Satan et une perverse filmant des godemichés.

– C'est de nous que tu parles ? s'offusqua Mathilde.

– Ta gueule ! Vous ne valez pas mieux les uns que les autres. Vous n'êtes qu'une bande de mécréants qui se vautrent dans la luxure occidentale.

– Hein, tu délires, là ! répliqua Maxime. Tu nous la joues Ben Laden ou quoi ?

Un deuxième coup de feu fit exploser une bouteille de vodka, répandant du verre et de l'alcool par terre.

– Je vous ai ordonné de la fermer ! s'époumona Mehdi.

La détonation résonnait encore dans la pièce où se répandait une légère odeur de poudre.

– Vous ne comprenez rien. Je hais vos préoccupations futiles, vos soirées de débauche, vos beuveries, vos bavardages subversifs, votre musique profane, vos dépravations sexuelles...

– Arrête, c'est toi le plus gros dragueur de la bande, argua Marie.

– Assez !! C'est vous les chiennes qui nous courez toutes après. Il faut vous voiler pour que vous restiez à votre place.

– Il s'est radicalisé ou je rêve ? murmura Léa.

– Détrompe-toi ! C'est vous qui vous êtes radicalisés. Vous êtes devenus les esclaves d'une société de consommation à outrance, de profusion matérielle et de divertissements abrutissants. Au point d'adorer cette servitude et de vouloir l'imposer à tous les peuples. Vous êtes les représentants de la nouvelle génération dégénérée qui perpétue la perversion de l'âme humaine. Regardez-vous, pauvres débiles! Toutes ces soirées à vous murger, à manger de la merde, à vomir, à vous trémousser sur ce que vous appelez de la musique. Toutes ces nuits à rigoler bêtement ou à vous faire peur comme si vous aviez dix ans! Tout ce temps passé sur vos écrans à idolâtrer les dieux Gafam et Natu[1]. Vos travaux de fin d'année ne font qu'illustrer votre déchéance. Aucune spiritualité, aucune vision du monde, aucun idéal. Vous ne pensez qu'à vous, à prendre et à tirer profit d'un système capitaliste qui tue chaque année sept millions de personnes rien qu'avec la pollution de l'air. Ouais, et aujourd'hui les caméras de surveillance vont filmer ma sentence!

On entendit le claquement de l'arme indiquant que la balle suivante venait d'être chambrée, prête à être percutée. Mehdi hurla deux mots qui leur glacèrent le sang.

– *Allahou akbar!*

Leur dernière heure était venue.

Le troisième coup de feu déclencha des cris et des pleurs, précédant d'autres tirs qui foudroyaient les jeunes déjà à terre. Un bruit sec signala que l'arme était vide, la peine exécutée, l'attentat perpétré sous l'œil des caméras muettes. Braquées sur les corps gisant au milieu des éclats de verre dans la salle de séjour, celles-ci enregistrèrent l'hécatombe mais pas le ricanement un peu forcé.

---

1. Acronymes désignant les géants du Web: GAFAM (Google, Amazon, Facebook, Apple, Microsoft) et NATU (Netflix, Airbnb, Tesla, Uber).

13.

– Comme je me suis gavé! s'exclama Mehdi.

À ses pieds, les corps bougèrent, les visages se relevèrent, offrant à Mehdi des airs déconcertés.

– Qu'est-ce qui s'est passé? demanda bêtement Quentin.

Mehdi agita son pistolet.

– Un pistolet d'alarme. Balles à blanc mais vraie détonation. Effet garanti.

Ils se mirent debout, à part Léa, encore sous le choc. Mehdi lui tendit le bras pour l'aider.

– Allez Léa, tu n'es pas morte. Ton heure n'est pas encore venue.

– Pourquoi t'as fait ça, putain?

– Vous faire peur. Ce n'était pas le thème de la soirée?

– Avec tes conneries, je me suis coupé, lui reprocha Julien.

Il s'était entaillé sur des bris de verre et saignait de la main.

– Comment des balles à blanc peuvent-elles péter une bouteille ?

– C'est moi qui l'ai jetée par terre pendant que vous embrassiez le sol. Pour vous faire croire que je tirais de vraies bastos.

– C'était énorme ! approuva Quentin.

– Avec ma gueule d'Arabe et tout ce qu'on dit sur les muslims, c'était facile pour moi de jouer la carte du terroriste, non ?

– Au début, j'ai cru que tu déconnais, avoua Marie. Mais ton discours sur les femmes, sur ce qu'on était, ça sonnait tellement vrai que j'ai pensé que tu t'étais radicalisé à notre insu.

– Merci pour le « sale pute dégénérée », grogna Mathilde.

– Je n'en pense pas un mot. Sérieux, tu me fais kiffer avec tes cheveux bling-bling et j'aimerais bien explorer tous tes tatouages si tu me donnais le feu vert.

– Pas entre nous, c'est la règle.

– Léa et Quentin l'ont bien enfreinte !

– Ils sont l'exception.

– Je veux qu'on soit une exception nous aussi.

– Impossible, sinon ce n'est plus une exception.

– Hey, regardez-le, ce gros dragueur, s'écria Camille. À peine après avoir joué le terroriste en quête des 70 vierges, voilà qu'il cherche à pécho.

– Quand tu nous as accusés de manger de la merde, dit Maxime, tu incluais mes spaghettis à la diable ?

– Non, même si elles n'étaient pas halal, j'ai trop kiffé tes pâtes. Franchement, frères, ça a été dur de jouer les mauvais coucheurs, de fermer ma gueule toute la soirée, et surtout de vous traiter de chiennes alors que les filles c'est ce que j'aime le plus au monde... après mon iPhone 8 et ma PS4.

– Gros obsédé ! lui lança Maxime.

– Ouais mais quand même où es-tu allé chercher de tels propos ? insista Marie.

– En fait, je ne vous ai pas tout raconté sur mon passé.

– C'est-à-dire ?

– Je peux vous l'avouer maintenant, mais d'abord, vous devez faire quelque chose.

– Quoi ?

– Boire quatre gorgées chacun.

14.

Vers la fin du collège, Mehdi avait bien failli être influencé par un imam. À l'époque, il vivait en banlieue marseillaise. Ses parents ne gardaient sur lui qu'un œil distrait. Ils ne l'avaient pas vraiment éduqué. Mehdi ne profitait de l'influence ni de la cellule familiale, ni de l'Éducation nationale, mais subissait celle de ses copains qui faisaient des plans en bas de l'immeuble et celle de l'imam du quartier dont le discours collait au Coran comme un réquisitoire au Code pénal.

Las des baratins stériles de ses « socs », Mehdi s'était peu à peu laissé embrigader par les propos radicaux du religieux retors. Celui-ci lui offrait une vision manichéenne et rassurante du monde, partagé entre combattants et mécréants. Rassurante parce que Mehdi était tout simplement né du côté des combattants. Il lui restait à montrer qu'il en était digne sous peine de basculer dans l'autre camp et de devenir un traître.

À quinze ans, Mehdi séchait le collège pour l'ancien garage automobile transformé en mosquée. L'imam lui décrivait une société sans valeurs qui reléguait les siens au rang de perdants. Il le mettait sur un piédestal duquel il aurait un jour le pouvoir de venger ses frères et d'accéder au paradis. Comparée aux plans foireux de ses copains ou à la perspective inéluctable de finir en prison, au chômage ou au mieux sur un chantier, la mission divine de Mehdi avait plus de gueule. Rouler pour Dieu était plus gratifiant que de se faire dicter sa conduite par un enseignant, un dealer ou un patron.

C'était une conseillère d'orientation qui l'avait détourné du martyre. Mme Brossard avait décelé en lui un don pour le dessin et une créativité qui avaient été étouffés par un environnement où l'art ne se diffusait que sur les murs du quartier sous forme de tags. Mme Brossard avait également repéré chez l'adolescent les signes d'un processus de radicalisation qu'un conseiller d'orientation moins consciencieux aurait seulement pris pour de la rébellion adolescente : rejet de l'autorité et de la vie en société, propos complotistes ou apocalyptiques, intérêt soudain pour les codes linguistiques, vestimentaires et alimentaires propres à sa religion…

Mme Brossard avait pris le gamin en charge et convaincu ses parents démissionnaires de l'envoyer chez sa grand-mère à Nice à la fin de sa troisième dans l'espoir d'intégrer la section Arts Appliqués du lycée de Vence. Mehdi avait présenté ses dessins et passé le concours d'entrée. Il était arrivé dix-huitième sur les vingt-neuf élèves admis en classe de seconde. Il s'était vite distingué par sa faconde et sa capacité à valoriser son travail, plus que par ses talents de dessinateur. Il savait se vendre et tout ce qui prenait forme entre ses mains passait facilement pour de l'art.

Comme il plaisait aux filles, il était devenu vite populaire et avait suscité l'intérêt puis l'amitié des membres de la future bande des Huit. Sur son passé à Marseille, il avait fait une croix. Il avait coupé tout contact avec l'imam, avec son quartier, avec sa famille, à l'exception de sa mère qui lui envoyait chaque semaine des pâtisseries.

– Tu ne nous avais jamais parlé de tout ça, lui reprocha Léa.

– En même temps ce n'est pas très glorieux. Je préfère que vous ayez de moi l'image d'un bogosse plutôt que celle d'un boloss.

– Tu sais, lui confia Marie, le pire, c'est que dans ce que tu as dit, il n'y avait pas que des conneries. Le monde part vraiment en couilles.

– Ouais, mais le remède, crois-moi, ce n'est pas l'islamisme. Bien au contraire. Autant prescrire du Captagon à un cancéreux pour lui faire croire qu'il ira mieux.

– Du quoi?

– Le Captagon c'est une drogue euphorisante que les islamistes filent aux kamikazes pour qu'ils se sentent bien en se faisant exploser.

– En tout cas, tu nous as fait flipper, reconnut Quentin.

– Avec le terrorisme, ce n'est pas dur.

– Je me verrais bien la vidéo de ta performance que les caméras de surveillance ont enregistrée, dit Camille.

– À ta place, je ne la laisserais pas traîner, conseilla Marie à Mehdi. Des gens mal intentionnés pourraient s'en servir pour te ficher S ou te mettre carrément un attentat sur le dos.

– Tu pourrais aussi t'en servir pour ton devoir de fin d'année, plaisanta Maxime. Je suis sûr que t'arriverais à vendre le concept artistique d'une telle vidéo.

– Il y a des limites à mes talents de commercial.

– T'as quoi sinon comme projet ?

– Rien pour l'instant.

– Présente cet enregistrement ! l'exhorta Quentin. Je te donne une copie. Ce qui compte dans l'art, c'est de marquer les esprits.

– Avec Daesh, faites la différence ! annonça Maxime sur le ton d'une voix off énonçant un slogan à la fin d'une publicité pour une lessive. Ça colle avec le sujet.

– Détrompe-toi, mec, dit Mehdi. Daesh c'est du traditionalisme, du conservatisme, du conformisme en boîte. Daesh n'apporte rien de nouveau car il revendique une interprétation littérale d'un Livre écrit il y a mille quatre cents ans. Daesh crée des moutons. Au point qu'aujourd'hui, n'importe quel crétin qui veut en finir avec la vie ou avec son voisin, va copier la méthode du terrorisme islamiste en butant des gens à l'arme automatique ou à la voiture bélier. Qu'il soit musulman ou pas ! Non, si tu veux utiliser cet enregistrement vidéo et coller à notre sujet sur la différence en tant que valeur, il faut la détourner.

– Comment ?

– En postsynchronisant les images avec une bande-son qui déchire sa race, par exemple. Au lieu de déblatérer des conneries sur les mécréants, je récite un poème soufi et je vous force à l'apprendre par cœur sous la menace de mon arme. Attends, je tiens un concept, là! Un attentat artistique! Contraindre les gens à apprendre un poème sous peine de les massacrer. Putain j'ai trouvé mon devoir de fin d'année! Merci, frères!

– Tu vas les exploser! approuva Maxime.

– Au fait, Quentin, t'avais pas dit que t'avais une Xbox?

– Ouais, pourquoi?

– On pourrait jouer à un *slasher game*, non? T'as quoi comme jeu, dans le genre *survival horror* qui fiche la trouille?

– *Until Dawn*, ça t'irait?

– Grave. C'est le seul jeu sur lequel ma cousine ait flippé.

– Ça parle de quoi? demanda Marie.

– Une bande d'amis se fait massacrer dans un chalet par un mystérieux psychopathe, un tueur masqué.

– On est déjà dans l'ambiance, confirma Quentin.

– Sinon, t'as *Resident Evil 7* aussi?

– Euh... non.

– La lose, frère, il est bien flippant celui-là aussi. Tu peux faire tout le jeu en VR[1] en plus! Là, tu te retrouves carrément avec une famille de tarés dans le trou du cul des États-Unis. Garanti, tu flippes grave, surtout quand ta petite amie, que tu es venue sauver, te poignarde.

---

1. VR: Virtual Reality. La réalité virtuelle est une technologie qui permet de s'immerger dans un univers artificiel créé numériquement, notamment grâce à un visiocasque.

– Il y a un truc bizarre, dit Marie.

Remise de ses émotions, elle prenait à nouveau des photos.

– Quoi, ton appareil a encore buggé ?
– Vous avez de drôles de têtes.
– Ça, on le savait déjà, confirma Maxime.
– Je ne plaisante pas.

Elle voulut faire défiler les photos sur son écran numérique. Mais celles-ci avaient disparu.

– Je ne comprends pas, il ne me reste que celle-là.

Elle la leur montra.

On voyait Quentin et Léa en train de danser, mais on ne les reconnaissait qu'à leurs vêtements car leurs visages tournés vers l'objectif étaient déformés !

– C'est un trucage, soupçonna Léa.
– Et comment j'aurais fait ça sur mon appareil ?
– Derrière nous, là, c'est quoi ? demanda Léa.
– Il y avait la même chose sur les photos de Pierre Beake, remarqua Quentin.

Il se précipita sur *Les Mystères du col de Vence* et l'ouvrit à une page illustrée.

– Regardez, la sphère blanchâtre, là, derrière ce type. C'est la même que sur la photo prise par Marie !
– Tu cherches à nous dire quoi, là ? lui lança Mehdi. Que des extraterrestres se sont invités à la soirée ? Tu ne m'auras pas cette fois.
– Sauf que ce n'est pas moi qui ai pris cette photo.
– T'es de mèche avec Marie, subodora Maxime.
– N'importe quoi ! Ça deviendrait relou.
– On n'a qu'à faire une autre photo, suggéra Marie. Mettez-vous tous là devant moi.

Ils se regroupèrent devant son objectif. Elle appuya sur le bouton de l'obturateur et vérifia aussitôt le résultat. Elle se mit à pester.

– Quoi ? lui lança Quentin.

– Je ne la retrouve pas… Elle a… encore disparu.

Ils la virent s'énerver sur son appareil sans vraiment savoir si Marie les menait en bateau. Son visage s'éclaira soudain.

– Ah ça y est, je l'ai… Bizarre quand même cette histoire.

– On peut jeter un œil ? demanda Quentin.

– Vous avez des têtes normales et il n'y a pas de sphère lumineuse, constata Marie.

– Et ça, c'est quoi ? réagit Julien en désignant quelque chose en arrière-plan.

Marie régla un agrandissement sur la mezzanine au-dessus du petit groupe. L'image manquait de netteté.

– On dirait une forme humaine.

Tous les visages se tournèrent vers le haut de l'escalier. La forme n'était plus là.

– Il y a quelqu'un d'autre que nous dans la maison ! conclut Léa terrifiée.

15.

– Je suis sûre que c'est Clément qui nous mijote un coup, avança Mathilde.

– Arrête avec ce gars, dit Julien. Il nous a lâchés, point barre.

– Si ce n'est pas lui, alors c'était quoi sur la mezzanine ?

Quentin s'arma du tisonnier près de la cheminée.

– On va le savoir tout de suite.

– Je te suis, dit Mehdi en empoignant son pistolet d'alarme.

– Des balles à blanc pour venir à bout d'un extra-terrestre ? pouffa Maxime.

– C'est sûr que tes vannes font plus de dégâts.

Ils montèrent l'escalier comme des cambrioleurs, en file indienne, Quentin en tête. Ils se déployèrent à l'étage et inspectèrent chaque pièce avant de se regrouper, bredouilles, devant la bibliothèque.

– Il y a un grenier ? demanda Marie.

– Les combles ! s'exclama Quentin. C'est le dernier endroit qu'on n'a pas fouillé.

Il entraîna ses amis au fond du couloir qui prolongeait la mezzanine, s'arrêta devant une porte et hésita quelques secondes avant de se décider à l'ouvrir. Il s'engagea dans un escalier étroit.

– Fais gaffe quand même, l'avertit Léa.

Quentin ne lui répondit que par le craquement des marches en bois sous ses semelles. Il s'éleva lentement dans l'obscurité, posa timidement les mains puis un pied sur le plancher poussiéreux et progressa sous la charpente en veillant à ne pas se cogner.

– Clément ? appela-t-il à tout hasard.
– Tu vois quelque chose ? lança Léa de l'escalier.

Les autres attendaient en bas.

Quentin ne répondit pas. Il alluma la torche de son smartphone et balaya l'espace autour de lui. Une ombre bougea dans un coin au passage du rayon lumineux. Il se figea.

– Qui est là ?

D'où il était, Quentin ne voyait pas bien. Il avança d'un pas en veillant à ne produire aucun bruit. Au même instant, la forme se déploya et fonça sur lui en émettant un grincement avant de gagner l'autre bout du grenier. Quentin cria à son tour et fit tomber son téléphone. Les autres se précipitèrent dans l'escalier en renfort, Léa et Maxime en tête.

– Ça va ? l'interpella Léa.
– Qu'est-ce que t'as vu ? demanda Maxime.
– J'ai eu la peur de ma vie, se contenta-t-il de répondre.

Il ramassa son smartphone et vérifia qu'il n'était pas cassé. La torche fonctionnait encore. Il éclaira la partie du grenier où s'était réfugié l'intrus. Sa main tremblait.

– Tu n'as rien ? s'inquiéta Léa.

– On dégage, commanda Quentin.

– Pourquoi t'as crié ? le questionna Maxime.

– J'ai eu peur, c'est tout. Allez, y'a rien à voir ici.

Ils quittèrent le grenier, perplexes, et retrouvèrent les autres dans le couloir. Sans plus d'explications, Quentin descendit au salon pour se servir une vodka orange.

– Qu'est-ce que tu fous ? lui lança Léa.

– J'ai eu la trouille, donc je bois.

Après s'être un peu plus alcoolisé, Quentin finit par avouer qu'il avait eu peur... d'une chauve-souris.

– C'était la première fois que j'en voyais une, se justifia-t-il. Sur le coup j'ai vraiment cru qu'une créature me fonçait dessus.

– Une créature de quelques centimètres, souligna Mathilde.

– Je ne voyais rien. Ses ailes se sont accrochées à mes cheveux ! Et puis ce cri atroce !

– Pourquoi tu ne nous l'as pas dit tout de suite ? s'étonna Léa.

– Je n'avais pas envie de passer pour un con.

– En attendant, cela ne nous renseigne pas sur cette chose floue qui est dans votre dos sur ma photo, commenta Marie. Ce qu'il y a de sûr c'est que ce n'était pas une chauve-souris.

– Bon, on fait une pause dessert ? proposa Maxime en plongeant la main dans une boîte de bonbons Haribo.

Ils disposèrent les pâtisseries de la mère de Mehdi sur la table et se remirent à manger.

– En fait, quand tu t'es emporté tout à l'heure contre moi parce que je parlais d'épouser ta mère, c'était bidon ? voulut se rassurer Maxime.

– Non, c'était sérieux. Et si tu parles encore d'épouser ma mère, je te plante une lame dans le bide.

Mehdi s'était levé en même temps qu'il proférait sa menace pour saisir un couteau sur la table et piquer le ventre de Maxime tétanisé.

Mehdi éclata de rire.

– Je t'ai encore eu, gros ! Allez, quatre gorgées ! Désolé, j'ai pas pu résister.

Maxime vida son verre.

– Je déconnais, le rassura Mehdi. J'aime ma mère, bien sûr, mais pas au point d'être aussi susceptible que ces crétins qui s'excitent dès qu'on parle de leur génitrice. Hey, mais vous me connaissez mal, tous, là, bande de nazes !

– J'avoue que ce n'était pas toi depuis le début de la soirée, dit Mathilde.

– À aucun moment, il ne vous est venu à l'idée que quand je plombais l'ambiance pour crédibiliser mon personnage de terroriste c'était du cinéma ?

– T'as carrément décroché l'Oscar sur ce coup, frangin, avoua Julien.

– Jusqu'à présent, tout le monde a bien joué le jeu, constata Quentin. Il est à peine neuf heures du soir et on est tous déjà bien torchés.

– Tes trucs sur les mystérieux visiteurs, finalement, c'est vrai ou c'est bidon ? demanda Mehdi.

– Franchement, les phénomènes dont j'ai parlé sont authentiques. J'ai pas inventé les bouquins, les rapports de police, les articles de presse, les photos. D'ailleurs vous avez bien vu que l'appareil de Marie a buggé.

– En fait, non, avoua celle-ci, je vous ai baratinés. J'ai juste exploité tes histoires pour vous faire peur.

– Tu veux dire que les photos…?

– J'ai changé de carte mémoire pour vous faire croire qu'elles avaient disparu.

– Et nos têtes difformes? Et les sphères blanches?

– Rien de plus facile avec le menu retouche du Nikon. Je peux directement traiter l'image sur mon appareil, ajouter des effets flous ou des couleurs.

Elle leur montra comment elle pouvait altérer un visage et incruster une présence derrière eux.

– Et le truc sur la mezzanine, c'est toi aussi?

– Ah non, j'y suis pour rien.

– Sérieux?

Marie pouffa devant l'inquiétude qui figeait leurs traits.

– Hey, je vous fais marcher, là. J'ai ajouté cet effet pendant que je faisais semblant de chercher le cliché sur mon appareil. J'ai pas pu m'en empêcher, rien que pour le plaisir de vous voir flipper et boire à ma santé.

Ils levèrent à nouveau le coude, sans être conscients que plus ils s'enivraient, plus ils étaient vulnérables. Mehdi prit ensuite la parole:

– Si je résume bien, Quentin nous a fichu la trouille avec ses visiteurs et sa scène d'étranglement, Camille avec sa Sadako danse, Marie avec ses photos truquées,

Mathilde avec ses doigts coupés, Julien avec son rat, Léa dans le rôle du spectre derrière la vitre. Et moi en jouant les martyrs de Daesh. Je vous félicite pour votre créativité. Le sérieux que vous portez à nos soirées est digne des Huit. Cela mériterait un toast si nous n'étions pas déjà tous bourrés !

– On a récupéré Mehdi et son bagout, constata Julien.

– J'ai pas que le bagout, frère, je sais aussi compter. Et il y en a un parmi nous qui n'a pas encore abattu ses cartes. Le joueur de poker !

Les regards convergèrent vers Maxime.

– Qu'est-ce que vous avez tous à me mater comme ça ?

– T'as prévu un truc pour nous faire peur ?

– Oui et non.

– Ben commence par le « oui ».

– J'ai apporté une planche de Ouija.

Le mot « Ouija », évocateur de phénomènes effrayants largement relayés par le cinéma, déclencha un silence dans la pièce, interrompu par Mehdi.

– Et pourquoi « non » ?

– Je ne crois pas que ce soit une bonne idée finalement. Le lieu ne s'y prête pas.

– Pourquoi ?

– Il y a trop de fantômes autour de nous.

– Qu'est-ce que tu racontes ?

– Tu as dressé le bilan des phénomènes dus à nos performances mémorables. Mais tu as oublié de mentionner ceux qu'on n'a pas réussi à expliquer.

– Tu veux parler de la porte de la cave qui s'est ouverte toute seule ? demanda Camille.

– Pas seulement. Il y a aussi le bruit de la course saccadée dans le grenier et la pierre qu'on a trouvée en bas de l'escalier. Si aucun d'entre nous n'est responsable de ces faits, cela signifie qu'il y a une autre présence que la nôtre dans la maison.

– On a tout fouillé et on n'a trouvé qu'un rongeur volant, affirma Quentin.

– Alors cette présence est invisible, conclut Maxime. C'est pourquoi j'ai parlé de fantômes.

– En même temps, il y a des choses qu'on ne peut pas expliquer dans la vie, dit Quentin. Comme les *crop circles* ou la coiffure de Mathilde.

– Ou ton sens de l'humour, ajouta cette dernière.

– Si le dérangement dû aux fantômes se limite à des portes ouvertes et à quelques cailloux, cela me va, déclara Marie. Mais il ne faudrait pas qu'ils nous prennent en grippe.

16.

Maxime tira de son sac à dos la planche de Ouija. Ses réticences à l'utiliser avaient attisé la curiosité de ses camarades qui le forcèrent à déballer son matériel. Ils étaient tous avides de nouvelles expériences dans le domaine de la peur.

– T'as trouvé ça où? lui demanda Léa.
– Sur Amazon.
– Tu sais comment l'utiliser? l'interrogea Julien.
– Ouais, je me suis renseigné un peu.
– C'est la première fois que j'en vois une en vrai.

Sur une planche en bois vernis d'environ 50 cm par 35, figuraient les 26 lettres de l'alphabet, les chiffres de 0 à 9 et les mots «OUI», «NON» et «FIN». Elle était livrée avec une «goutte», sorte de pointeur destiné à être guidé sur le plateau par les esprits souhaitant communiquer.

– Normalement, il faut un lieu neutre et inhabité.
– Ça tombe bien, dit Quentin, on n'a pas encore emménagé. On s'installe où?

– Il ne faut pas qu'il y ait de bordel. On pourrait migrer vers la partie salle à manger. T'as des bougies ?

– Je vais regarder dans les placards. Tu veux quoi comme bougies ?

– Des noires pour absorber les mauvaises énergies et des blanches pour attirer les bonnes.

– Ça va plaire à Marie, nota Quentin.

– On risque d'attirer des fantômes ? s'inquiéta Léa.

– On va communiquer avec le monde de l'au-delà. Ce qui implique qu'on croisera aussi bien des esprits malveillants que bienveillants. C'est pourquoi il vaut mieux prendre quelques précautions.

– Tu y crois à ces conneries ? douta Mehdi.

– J'en sais rien, j'ai jamais essayé. J'y crois dans les films. J'ai vu aussi des vidéos sur YouTube carrément flippantes. Si vous voulez vraiment monter d'un cran sur le trouillomètre, c'est la bonne méthode.

– On doit faire quoi ? l'interrogea Mathilde en se roulant un joint.

– D'abord t'évite d'allumer cette merde, répondit Maxime.

– Pourquoi, ça perturbe les esprits ?

– Ben en fait, avant et après une séance de Ouija, on ne doit pas consommer de drogue ni même d'alcool.

– C'est raté, dit Marie.

– Et ça fait quoi sinon ? demanda Mathilde.

– Ça peut être dangereux.

– Dangereux comment ?

– J'en sais rien, moi, tu peux perdre le contrôle, te faire posséder par un esprit malveillant.

– Conneries ! s'exclama Mehdi.

– Ouais ben dans le doute, je me le fumerai après, concéda Mathilde.

Maxime posa la planche Ouija sur la table de la salle à manger et invita ses camarades à prendre place tout autour.

– Il faut aussi éteindre la chaîne et vos portables, installer le calme dans la pièce. Ah oui! J'ai besoin de sel de mer.

– Je vais en chercher, dit Léa.

Quentin réapparut enfin avec des bougies qu'il disposa aux quatre coins de la pièce avant de les allumer.

– Vos genoux doivent se toucher, précisa Maxime.

Il dessina ensuite un cercle au sel de mer qui contenait les huit participants installés autour de la table.

– Une seule personne interrogera les esprits, expliqua Maxime en posant un bloc-notes et un stylo sur la table. On va dire que c'est moi. Si vous avez des trucs à demander vous passerez par moi. On touchera le pointeur avec nos doigts. On commencera par une question qui ne nécessite qu'un «oui» ou un «non» comme réponse. Merci de rester calmes, sérieux et polis, et d'éviter si possible les vannes et les ricanements, que vous y croyiez ou pas.

– On dirait que t'as fait ça toute ta vie, commenta Mathilde.

– Il gère à fond, constata Quentin. Je suis sûr que c'est son projet de fin d'année et qu'il est en train de le tester sur nous.

Maxime tapa du poing sur la table, ce qui fit sursauter tout le monde. Ravi de son effet, il se marra et exigea que tout le monde boive ses quatre gorgées.

– Je croyais qu'on ne devait pas s'alcooliser, objecta Mathilde.

– Ouais, on doit aussi faire de la méditation et se purifier dans un bain de lavande. Mais au point où on en est, on va zapper quelques consignes.

Maxime servit la vodka à ses camarades et revint à sa place.

– Prêts ? demanda-t-il.

– Prêts ! répondirent-ils en chœur.

– Bon, on va commencer par une prière. Ça reste une bonne protection pour éviter l'intrusion de démons et de mauvais esprits lors de la connexion avec l'au-delà.

– Je sens l'arnaque, pouffa Mehdi.

– Qu'est-ce que t'en sais ? objecta Camille. T'as déjà essayé ?

– Y a pas de problème si tu n'y crois pas, frère. Je te propose juste un truc. Suis les deux trois indications que je donne. Si rien ne se passe, tu pourras alors dire que c'est foireux.

– OK, envoie ta prière. J'espère juste que tu ne vas pas nous sortir un missel.

– Arrête de nous soûler avec tes sarcasmes, s'énerva Camille. Si t'as pas envie de participer, va jouer à la Game Boy.

– Je veux bien, si tu m'en trouves une, se moqua-t-il.

– On peut y aller ? s'impatienta Maxime.

– Si Mehdi nous le permet, grinça Camille.

– Dernière chose : personne n'est particulièrement déprimé, de mauvaise humeur ou en colère ici ?

– On risque de l'être si tu continues à tourner autour du pot, souligna Julien.

– Ce n'est pas un pot, c'est une planche, dit Mathilde.
– Elle est pourrie ta vanne.
– Tant que c'est pas la planche qui est pourrie.
– Génial, se désola Maxime avec ironie.
– La mauvaise humeur est contre-indiquée ? se renseigna Marie.
– Elle risque d'attirer les mauvais esprits.
– Vas-y Max, accouche, s'impatienta Julien en remuant ses doigts au-dessus du Ouija.

Maxime se mit à réciter une prière :
– Nous venons ici tous calmes et sereins, animés d'intentions bienveillantes. Nous venons avec respect. Accueille-nous comme il se doit et guide-nous vers la lumière et la vérité, entoure-nous de ta protection et d'énergies positives. Considère mon esprit apaisé et ouvert, vois mon corps au repos, permets-moi de communiquer avec l'au-delà sans peur, ni préjugés, ni arrière-pensées.

– Tu parles à qui, là ? intervint Mehdi.
– Chut ! soufflèrent Léa et Julien.
– Qui sont ceux qui n'y croient pas ? sonda Maxime déconcentré.

Mehdi, Marie et Mathilde levèrent la main.

– Bon... Léa, Camille, Julien et Quentin, vous poserez avec moi votre doigt sur le curseur. Toi Rima tu noteras les réponses sur ce bloc. On va pouvoir commencer. Les autres vous ne faites rien. Vous observez.

– Esprit, esprit, es-tu là ? récita Maxime. Si tu es là, manifeste-toi !

Tous les regards étaient rivés sur le curseur immobile.

– Esprit, esprit, es-tu là ? scanda Maxime. Si tu es là, manifeste-toi.

Le pointeur se déplaça très lentement sur un centimètre.

– Putain, c'est l'un de vous qui a fait ça, accusa Léa en retirant sa main comme si elle avait touché du 220 volts.

– N'importe quoi ! se défendit Quentin en s'écartant à son tour.

– C'est un truc de ouf, commenta Julien sans détacher les yeux du curseur.

– Il a bougé tout seul, constata Maxime stupéfait.

– C'est un truc de malade ! fit Julien.

– T'as rien d'autre à dire ? lui reprocha Mathilde.

– Si, c'est un truc de dingue.

Maxime les pria de la fermer et de se reconnecter.

– Reposez vos doigts sur la goutte.

– Quelle goutte ? s'étonna Quentin.

– C'est le nom du curseur, répondit Marie. Si t'écoutais un peu !

– On n'y arrivera jamais, s'impatienta Maxime.

– OK, on se concentre, ordonna Julien.

– Esprit, est-ce que tu souhaites communiquer avec nous ?

Les secondes s'écoulèrent dans l'expectative. Mehdi ricana, Mathilde gloussa. Camille leur ordonna de la fermer. Le curseur roula un peu plus vite cette fois, jusqu'au OUI.

– Putain ! s'exclama Quentin.

– Il veut communiquer avec nous, déduisit Maxime. Je vais lui poser une autre question.

– Demande-lui qui il est, suggéra Quentin. Je n'aime pas avoir des inconnus chez moi.

– Non, pas tout de suite.

– Tu veux lui poser quoi comme question ?

– Esprit, es-tu un esprit bienveillant ?

Le curseur bougea vers le centre de la planche et tourna en rond avant de rouler vers le NON.

– Ça craint, dit Julien.

– Vous voulez qu'on arrête ? lança Maxime.

– Non ! s'écria Camille.

– On va l'interroger encore un peu avant de dire bye bye, suggéra Quentin.

– Tu veux lui demander quoi ? Une question qui entraîne un oui ou un non.

– Est-ce qu'il est lié à l'un de nous ?

– Esprit, es-tu lié à l'un de nous ?

La goutte traversa la planche pour se positionner sur le OUI.

– Moi j'en ai marre en fait, dit Léa qui était de plus en plus mal à l'aise.

– Arrête de flipper ou tu t'avales direct quatre gorgées, menaça Mehdi.

– C'est l'un de vous qui manipule le curseur, soupçonna Marie. Je suis sûre que c'est toi, Maxime.

– Non, sérieux, le truc a bougé tout seul, affirma Camille.

À ce moment-là le pointeur que personne n'avait lâché traversa le Ouija et sortit du plateau.

– Qu'est-ce qu'il se passe, là ? s'écria Camille.

– On est entrés en contact avec un esprit maléfique.

– Quoi ? Comment tu le sais ?

– On arrête tout, décida Maxime.
– Pourquoi? se désola Quentin.
– Parce que vous ne voulez pas connaître l'identité de l'esprit malveillant.
– S'il est lié à nous, je veux savoir qui c'est.
– S'il est malveillant, moi pas vraiment, objecta Léa.
– Il vaut mieux connaître son ennemi pour l'affronter, non?
– Vous êtes en plein délire, les gars, se moqua Marie. Si vous vous entendiez!
– Elle a raison, dit Mehdi. Finissons-en.
– Bon, OK, mais après on arrête, céda Maxime. Moi, ça me fout la trouille ce machin.
– Comme vous voulez, dit Léa. Mais au moindre dérapage, je me retire.

Maxime reposa la goutte sur la planche et ils joignirent à nouveau leurs doigts.

– Esprit, quel est ton nom?

Un silence plana sur la planche. Rien ne se passa.

– Esprit, quel est ton nom?

Mehdi se retint de balancer une vanne. Il préférait jouir du spectacle de ses camarades absorbés par la goutte immobile et figés par l'appréhension.

Le curseur se mit soudain à rouler sur les lettres de l'alphabet.

– Ça bouge de plus en plus vite! s'exclama Camille.
– On n'aurait jamais dû... dit Léa. J'arrête.
– Non, attends, dit Maxime. On a affaire à un timide qui n'ose pas se présenter. Je vais d'abord lui demander où il est... Esprit, où es-tu?

La goutte bougea vers le D, puis le E, puis le H... Marie notait les lettres en capitales sur le bloc-notes.

– «DEHORS»! s'écria-t-elle. Il est dehors!

Ils regardèrent à travers les fenêtres qui les séparaient d'une nuit sans lune. Un léger bourdonnement planait au-dessus de leurs têtes.

– Chut! fit Quentin.

– C'est quoi ce bruit? paniqua Marie.

– Ça ressemble à un moteur.

– Un hélico?

– Non, c'est pas assez fort.

Maxime se leva en direction de la porte.

– Où tu vas?

– Lui ouvrir.

– À qui?

– À l'esprit qui est dehors.

– T'es malade. En plus un esprit ça traverse les murs. Pas besoin de lui ouvrir la porte.

– Tu as raison, reconnut Maxime.

– Sans déconner, vous vous entendez parler? s'étonna Marie. Votre mise en scène est grotesque. Vous voulez inviter l'esprit? D'accord, allons-y à fond.

Elle bouscula Maxime et alla ouvrir la porte d'entrée avant de faire mine de céder le passage à un être invisible. Ses camarades la regardaient avec des airs ahuris.

– Il est là, dit-elle. Mais il n'est pas tout seul apparemment.

Marie sortit sur le perron.

– Arrête ton cirque, Rima! s'écria Maxime.

– C'est toi qui bougeais le curseur? l'interrogea Léa.

– Non, j'ai dit. Vous n'avez qu'à continuer sans moi si vous ne me croyez pas.

– Te fâche pas, gros, rigola Mehdi. C'est qu'un jeu.

– Il a raison, acquiesça Mathilde. Vous vous prenez trop la tête, là.

– Comment t'expliques ce qui s'est passé, alors ? demanda Camille.

– Elle a raison, dit Julien.

Personne n'avait de réponse claire à cette question.

– Comment t'expliques surtout que Rima ne revienne pas ? ajouta Léa.

Maxime alla jeter un œil sur le perron. Marie avait disparu.

– Marie ! appela-t-il.

Une main tomba sur son épaule et le fit sursauter. C'était Camille.

– Elle est où ? s'inquiéta-t-elle.

– Elle n'est plus là apparemment.

Il appela à nouveau en direction de la cour. Une forme humaine se détacha soudain de l'obscurité et fonça sur eux en criant. Maxime hurla à son tour, recula sur Camille et la fit tomber à la renverse devant Marie qui se gondolait.

– La trouille que je vous ai flanquée ! s'exclama cette dernière. Je suis trop morte de rire !

Camille se releva en insultant Maxime qui l'avait renversée et Marie qui leur avait fait peur. Les autres aussi se marraient. Mathilde remplissait déjà les verres des deux trouillards.

– Pris à ton propre piège, Maxou, constata Julien en lui tendant le gobelet qui lui était destiné.

Maxime le vida et releva le défi.

– Je vais vous montrer que ce n'est pas des conneries.

Il leur commanda de se rasseoir autour du Ouija. Il allait convoquer les esprits pour de bon.

– Je propose que Maxime ne touche pas la souris cette fois, intervint Camille.

– C'est pas une souris, c'est une goutte, précisa Marie.

– Je suis d'accord, approuva Léa.

– Comme vous voulez, leur accorda Maxime. Au moins, vous ne pourrez pas m'accuser de la manipuler.

Ils s'installèrent à nouveau. Léa, Camille, Julien, Quentin et Mathilde posèrent leur doigt sur le curseur.

– Esprit, laisse-nous entrer en contact avec toi, éclaire-nous de ta présence, avec calme et bienveillance, et guide-nous sur le chemin de l'éternelle vérité... Esprit, es-tu avec nous ?... Si tu veux communiquer, nous t'écoutons avec respect... Es-tu là, esprit ?...

Ils attendirent sans que rien ne se passe. Mathilde se retenait de rire en face de Léa très tendue. Marie avait le stylo en main, prête à écrire les lettres désignées par le curseur.

– Ton esprit est allé se recoucher, constata Mehdi.

– Chut ! lui lança Camille.

– Soyez patients, argua Maxime. J'ai vu sur Internet des vidéos où ça marchait.

– Des fakes, douta Mehdi.

– Pas toutes. Il y en a même avec des journalistes qui te montrent que ça fonctionne grave.

– J'ai apporté le film *Verónica* de Paco Plaza, les informa Marie. Si vous voulez on peut le regarder. Il y a un Ouija dans l'histoire et là, ça fiche vraiment la trouille.

– Ça parle de quoi?

– Une fille et sa famille sont menacées par des démons après avoir participé à une séance de Ouija avec ses copines.

– Ce n'est qu'un film.

– Oui, mais inspiré d'une histoire vraie. C'est un policier de la brigade criminelle qui a apporté aux producteurs du film les éléments de cette affaire.

– Taisez-vous un peu, les interrompit Maxime. On ne fait pas un débat, là.

– Si vous voulez communiquer, posez des questions, conseilla Camille.

– Esprit, commença Mathilde, on sait que tu es là, maintenant. Peux-tu nous donner ton nom?

Le curseur resta immobile pendant une longue minute avant d'effectuer un bref à-coup.

– C'était quoi ça? s'écria Mathilde.

– J'ai rien fait! se défendit Quentin.

– Moi non plus, dit Julien.

– Moi non plus, dit Léa.

– Concentrez-vous, ordonna Maxime qui écarquillait les yeux au-dessus de la planche.

La goutte roula vers le NON.

– Il ne veut pas révéler son nom, déduisit Mathilde.

– Pose-lui une autre question.

– Esprit, où es-tu?

Le curseur se déplaça vers le «D» puis le «E».

– Il nous refait le même coup, commenta Mathilde.

Le curseur se déplaça vers le «H»... le «O»... le «R»... le «S».

– «DEHORS», confirma Marie.

– C'est un gag? s'exclama Julien.

– Il sait dire que ça, ricana Mehdi.

Léa se tortillait sur sa chaise comme si elle était assise sur des punaises.

– Esprit, où es-tu dehors? demanda Mathilde.

Le curseur se déplaça vers le «P»...

– Je veux vraiment arrêter, déclara Léa.

– Attends, dit Mathilde. Laisse faire, c'est dingue ce truc!

Le curseur se positionna sur le «O»...

– Elle a raison, renchérit Maxime, on ne peut pas tout stopper d'un coup. Ce serait trop dangereux. Il faut d'abord remercier les esprits qui sont intervenus.

... sur le «R»...

– On doit les inviter à se retirer calmement, leur dire au revoir.

– Sinon quoi?

... sur le «T»...

– Sinon les mauvais esprits resteront autour de nous et on ne pourra plus s'en débarrasser.

... sur le «E».

– «PORTE», déclara Marie. L'esprit est à la porte.

– À la porte d'entrée? suggéra Camille.

– S'il est dehors, il y a des chances que ce ne soit pas la porte des chiottes, se moqua Mathilde.

Les têtes étaient toutes tournées vers le hall.

– On fait quoi? chuchota Julien.

Mehdi se leva. Il s'apprêtait à ouvrir lorsqu'il entendit frapper. Il se figea. Léa cria.

– Putain, c'est qui? s'étrangla Quentin.

– L'esprit, répondit Maxime.

– On fait quoi? répéta Julien.

– Ce qu'on fait d'habitude quand quelqu'un frappe à la porte. On demande qui est là.

– Qui est là? cria Mehdi sans bouger.

Aucune réponse.

– Si c'est un esprit, il faudrait peut-être lui poser la question avec le Ouija, suggéra Camille.

Ils reportèrent leur attention sur la planche.

– Esprit, bienvenue parmi nous, commença Maxime. Quel est ton nom, esprit?

Ils laissèrent filer des secondes de silence, puis des minutes.

– Je crois qu'il est reparti, déduisit Mathilde.

– Attendez! s'exclama soudain Maxime.

Le curseur oscilla légèrement.

– C'est vous qui avez bougé?

Ils nièrent tous.

– Esprit, quel est ton nom? insista Maxime.

La goutte roula vers le «N»... puis le «O»...

– «NO», annonça Marie. Manifestement, il ne veut pas décliner son identité.

– Il bouge encore! constata Camille.

La goutte s'arrêta sur le «M»...

– «NOM»? s'exclama Marie. Il veut qu'on répète peut-être. À mon avis il est sourd.

Camille fut prise d'un fou rire.

– Ah ah ah ah!

– C'est pas fini, avertit Maxime.
– On dirait qu'il hésite, constata Julien.
Camille riait aux larmes.
– Ah ah ah ah ah ah!
Le curseur glissa vers le «A»...
– NOMA?... Nomade? tenta de deviner Marie. Qu'est-ce qu'il cherche à nous dire?
– Qu'on a affaire à un esprit nomade.
– Ah ah ah ah ah ah ah ah ah!
– Arrête de te marrer, toi, lança Julien à Camille qui peinait à retrouver sa respiration.

Le curseur bougea plus lentement. Il s'arrêta plusieurs fois avant de s'immobiliser sur la lettre «M».
– NO MAN! fit Marie avec l'accent. Il est anglais... ou américain...
– Ah ah ah ah ah ah ah ah ah ah ah ah...
– Un Anglais qui nous connaît?
– Ah ah ah ah ah ah ah ah ah ah ah ah...
Impossible d'arrêter Camille.
– Qu'est-ce qui t'arrive? s'inquiéta Maxime.
– Ah ah ah ah ah ah ah ah ah ah ah ah ah ah ah ah...

Sans lâcher la goutte, elle était secouée par des spasmes et vomissait des éclats de rire qui n'avaient plus rien de comique. On aurait dit une poupée mécanique. Dotée d'une hilarité forcée. Ses yeux étaient révulsés sur son visage tétanisé. Léa la fixait, médusée.
– J'ai peur! s'exclama-t-elle.
– Putain faut tout arrêter! gueula Mehdi.

D'un geste brusque, il balança la planche par terre. Maxime tentait de raisonner Camille qui semblait possédée. Il la secoua en lui implorant de se calmer. Mehdi écarta Maxime et gifla la jeune fille qu'ils ne reconnaissaient plus.

– Putain tu m'as fait mal! s'écria Camille en frottant ses joues en feu.

– Putain tu m'as fait peur! s'écria Mehdi en soufflant sur sa paume.

– Qu'est-ce qui t'a pris? demanda Marie.

– Je sais pas... j'ai commencé à rigoler de vos blagues débiles... Après, c'était plus moi à l'intérieur...

– On a tout stoppé, la rassura Mathilde. On va ranger le jeu.

– Ouais, fit Maxime contrarié.

Il ramassa la planche et vérifia qu'elle n'était pas cassée avant de poursuivre:

– Ça craint. Il ne faut jamais quitter le Ouija sans remercier ni dire au revoir... Bon sang où est passée la goutte?

– Remercier qui? demanda Mehdi. Et de quoi?

– On a invité les esprits et, une fois là, on leur claque la porte au nez, répondit Maxime.

– T'as vu dans quel état ça a mis Camille?

– Justement, c'est la preuve qu'il se passait quelque chose. T'as eu la trouille et t'as préféré tout planter.

– Oh, ça va!

– L'esprit a répondu qu'il s'appelait Noman, souligna Léa.

– Peut-être qu'il s'appelle Norman, suggéra Julien. Dans la panique, il a juste oublié le «R». Vous connaissez un Norman, vous, qui serait mort et dont l'esprit serait venu nous dire bonjour?

– Je ne connais que Norman Bates, répondit Marie.
Regards interrogateurs.
– Le type dans *Psychose*, précisa-t-elle.
– Il y a aussi Norman le youtubeur, ajouta Quentin. Mais je ne le connais pas personnellement et il est toujours vivant.
– Attendez! les interpella Marie. Vous m'appelez souvent Rima. Marie en verlan, d'accord? Si Noman c'est du verlan, on a quoi comme prénom?
– Mano… répondit Mathilde.
– Mano Negra? proposa Maxime.
– Putain, non… Manon, bredouilla Léa. C'est Manon!
– Quoi? fit Maxime.
– Elle signait ses dessins *Noman*! se rappela Léa.
– Où veux-tu en venir?
– Et si c'était l'esprit de Manon qui était venu communiquer?
– Putain le délire, râla Mehdi. On se détend la nouille, là.
– Léa a raison, déclara Maxime. Manon s'est suicidée sans laisser d'explication. Peut-être qu'elle est venue ce soir nous en dire plus sur son acte. Si Mehdi n'avait pas envoyé tout valser, on en saurait plus.
– Il y a un moyen de savoir, avança Mehdi.
– Ah oui? Lequel?
– Ben… c'est d'aller lui ouvrir. Elle nous a informés qu'elle était devant la porte, non? En plus on a tous entendu frapper.
Ils regardèrent Mehdi se diriger vers le hall d'entrée.
Il baissa la poignée, marqua une courte hésitation, ouvrit et se trouva face à la nuit noire.

– Derrière toi! hurla soudain Mathilde.

Mehdi fit un bond de côté, se cogna à la cloison, referma violemment et se retourna face à ses camarades qui étaient morts de rire.

Sauf Léa.

Elle fixait la baie vitrée.

– Il y a quelqu'un dehors, souffla-t-elle.

– C'est bon, tu nous as déjà fait le coup, dit Mathilde.

– C'est... c'est Manon.

17.

De l'autre côté de la vitre, une silhouette opaque se confondait avec le reste des éléments. Ses longs cheveux noirs et sa tunique sombre flottaient dans le vent qui s'engouffrait sous la terrasse. Léa avait tout de suite reconnu Manon. Ou plutôt son spectre qui n'avait pas plus de consistance qu'un mirage.

Les huit jeunes restèrent frappés de stupeur.

Le fantôme de Manon recula lentement tout en tendant le bras dans leur direction.

– Elle nous fait signe, commenta Maxime.

– Je vais me chier dessus, dit Mathilde.

– Je veux m'en aller d'ici, geignit Léa.

– On a fait revenir Manon, affirma Julien.

– La phrase que tu viens de prononcer n'a pas de sens, dit Marie en fixant l'apparition de Manon.

– Je suis d'accord avec toi, acquiesça Julien.

– C'est impossible, murmura Mehdi.

– C'est ce que tu prétendais avant le Ouija, lui rappela Maxime.

– Il faut peut-être aller vers elle, suggéra Marie.

– C'est impossible, répéta Mehdi.

– On ne peut plus communiquer avec le Ouija puisque Mehdi a perdu la goutte.

– Tu nous les brises avec ta goutte. Putain, il doit bien y avoir une explication à ce bordel!

Le spectre de Manon reflua dans la nuit.

– On la perd, là! s'alarma Julien.

– Elle a senti qu'on n'était pas réceptifs, expliqua Maxime.

– Tu nous soûles avec tes théories, s'énerva Mehdi.

– Tu crois qu'elle a disparu? demanda Camille à Maxime.

– Je pense qu'on est toujours connectés puisqu'on n'a pas mis fin à la séance.

– Elle va réapparaître, alors?

– Je me barre, décida Léa.

Elle prit son smartphone.

– T'appelles qui? l'interrogea Quentin.

– Ma mère.

– Tu crois qu'elle va venir te chercher en pleine nuit?

– Si je lui dis que je flippe, elle rappliquera tout de suite.

– T'as pas envie de savoir ce que veut Manon? lui lança Maxime.

– Non mais tu t'entends, là?

– Tu l'as vue comme moi, non?

– Et alors, tu veux passer la soirée avec un fantôme? J'ai eu ma dose de frissons pour ce soir.

Quentin s'approcha de Léa et la prit dans ses bras pour essayer de la réconforter et la convaincre de rester. Elle le repoussa et se laissa choir dans un fauteuil, le téléphone éteint entre ses mains.

– Je n'ai pas digéré le suicide de Manon. Ce n'était pas ma meilleure amie, loin de là, et je ne la fréquentais pas, mais j'aimais son caractère marginal et solitaire. Elle me faisait penser parfois à cette fille dans *Millénium*...

– Lisbeth Salander, précisa Marie.

– On a tous été choqués par son suicide, confirma Julien.

– Et moi je prends des calmants pour ne pas y penser la nuit et trouver le sommeil.

– Je comprends que revoir ce... enfin, cette chose qui ressemble à Manon... ça puisse te chambouler, compatit Quentin.

Il lui saisit les mains.

– Panique pas, ma petite poule rousse mouillée.

– Ça va pas bien de m'appeler comme ça ? Dégage !

La maison plongea soudain dans le noir. Léa cria.

– Le disjoncteur a sauté ! déclara Quentin.

– Pourquoi il a sauté ? demanda Léa.

– J'en sais rien, l'orage sûrement.

– C'est Manon ! s'écria Maxime. Elle est entrée dans la maison.

– Arrête de nous faire peur.

– Mais on a déjà peur, non ?

– Heureusement, il y a les bougies, se rassura Camille.

– Au moins elles auront servi à quelque chose, ironisa Mehdi.

Elles n'éclairaient que la partie salle à manger.

– Je descends au compteur, annonça Quentin. Quelqu'un m'accompagne ?

– Tu devrais prendre Camille, suggéra Mathilde. Elle connaît bien la cave.

– Très drôle, Mat. Et toi tu fais quoi ? Tu te roules un joint pour changer ?

– Détends-toi, Cam.

– Si je me détends, mon poing risque de percuter ta tronche.

– J'adore les menaces venant d'une Barbie. Vachement crédibles.

– Autant que le tatouage d'un poulpe sur une grosse moule.

Mathilde se leva, prête à en découdre.

– Merci pour l'ambiance catch, les filles, mais ce n'est pas le thème de la soirée, temporisa Maxime en s'interposant.

– J'y vais tout seul, décida Quentin.

– C'est bon, je viens avec toi, céda Camille en toisant le rictus de Mathilde.

– Moi je vais chercher la goutte du Ouija, dit Maxime. Pour qu'on en finisse !

Il se cogna contre la table basse, jura, alluma son portable et promena le rayon lumineux sur le sol en quête du fameux curseur.

Camille et Quentin constatèrent que la porte de la cave était encore ouverte.

– C'est pas normal, jugea Quentin. Je l'ai refermée tout à l'heure. Tu as bien vu.

– C'est ce que je disais. Maintenant tu me crois, j'espère !

Il s'arrêta en haut des marches, recula et referma aussitôt la porte devant Camille et lui.

– Qu'est-ce que t'as ? demanda-t-elle.

– Il y a quelqu'un en bas.

18.

Quentin fixait la poignée de la porte.
– T'as vu quoi ? demanda Camille pour être sûre d'avoir bien entendu.
– Quelqu'un... dans les escaliers.
– Il ressemblait à quoi ?
– Je n'ai pas eu le temps de regarder.
– T'as verrouillé ?
– Il n'y a pas de clef.
Alertés par la réaction de Quentin, les autres se regroupèrent derrière Camille qui leur expliqua qu'ils avaient localisé l'intrus.
– On n'aurait jamais dû, répéta Léa.
– Trop tard, dit Mathilde.
– J'appelle mes parents, décida Marie. Je veux me barrer moi aussi.
– Chut ! fit Maxime.
Un grincement leur signala qu'on était en train d'ouvrir lentement la porte de la cave. Ils battirent tous en

retraite jusqu'au canapé du salon qui leur servit de dernier rempart.

Léa constata que Julien tremblait à ses côtés.

Camille avait enfoui sa tête comme une autruche dans le creux de l'épaule rassurante de Maxime. Elle ne voulait rien voir.

Quentin se bouffait les ongles.

Une silhouette apparut derrière le battant et fila furtivement en direction de la cuisine avant de s'immobiliser comme une statue. Malgré la pénombre qui occupait cet endroit de la maison, ils reconnurent Manon.

– Comment elle s'est retrouvée dans la cave ? chuchota Mehdi.

– C'est un putain de fantôme, répondit Mathilde.

– Chut !

Ils s'étaient exprimés trop fort et avaient attiré l'attention du spectre qui pivota brusquement dans leur direction. Ils se recroquevillèrent un peu plus derrière le dossier. La forme suspecte s'élança dans leur direction en produisant un gargouillement étrange. Elle sauta sur le canapé. Debout au-dessus des jeunes, elle les fixa.

Ils étaient tellement terrorisés qu'ils ne virent pas tout de suite que son gargouillis s'était mué en rire.

Lorsque Maxime se mit à rigoler lui aussi, ils commencèrent à douter. Mehdi éclaboussa de son portable le visage hilare de Manon. Ils n'avaient jamais vu une telle expression sur elle. La dépressive suicidée était enjouée !

Maxime fila vers la cave et rétablit l'électricité. De retour, il rafla une nouvelle bouteille de vodka et l'agita en direction de ses camarades.

– Vous allez me vider cette bouteille illico, les potos ! Car on vient de battre tous les records du trouillomètre, là.

Manon descendit du canapé et retourna à la cave. Ils échangèrent tous des airs ébahis. Succédant à la peur, la confusion les étreignait. Mehdi fut le premier à retrouver la parole.

– Quelqu'un peut m'expliquer ? demanda-t-il.

– Vous devez boire d'abord, commanda Maxime. Parce que vous avez flippé grave. Et parce que vous aurez du mal à croire ce que je vais vous raconter.

19.

Les sept lycéens vidèrent leur vodka. Leurs yeux pétillaient d'ivresse. Ils étaient suspendus aux lèvres de Maxime qui s'apprêtait à leur révéler les dessous de sa mascarade.

Manon revint de la cave dans sa tenue noire habituelle. Elle avait changé sa tunique de fantôme contre un look gothique-punk-rock-badass-androgyne. Cheveux de jais déstructurés par des tonnes de gel, sweat à capuche informe, blouson clouté, jean slim plongeant dans des godillots. Aucun maquillage, aucun tatouage, aucun bijou, aucun piercing. « Je laisse ça aux épigones décérébrés » disait-elle souvent, histoire de se distinguer et de placer un mot savant. En même temps, ses yeux de charbon et ses cheveux d'ébène mettaient en valeur un visage de porcelaine qui ne requérait aucun oripeau pour rayonner.

Elle se traîna jusqu'à eux d'un pas pesant, dans une allure à la fois nonchalante et déterminée qui n'appartenait qu'à elle.

– Salut, dit-elle avant de se servir un Coca.

Manon ne faisait jamais rien comme tout le monde. Il suffisait qu'elle déboule dans une soirée alcoolisée pour qu'elle se rue sur un soda et inversement.

– Salut? s'écria Léa en écho. C'est tout ce que tu trouves à dire?

Manon s'étala dans un fauteuil, le verre à la main et un demi-sourire sur le visage. Elle baissa la fermeture Éclair de son sweat pour faire apparaître une déclaration imprimée sur le débardeur noir qu'elle portait en dessous: « *Va te faire foutre*». Le message était transmis.

– Tu leur expliques ou je le fais? demanda Maxime à Manon.

– Vas-y, je corrigerai les fautes.

Maxime se racla la gorge et commença par le début, par la mort de Manon. Celle-ci l'interrompait régulièrement pour assortir son récit de détails plus personnels.

Un mois auparavant, Manon avait simulé son suicide. Cet acte correspondait pile poil avec le sujet du devoir de fin d'année sur la différence. Dépressive, solitaire, marginale, anticonformiste, nihiliste, elle combinait tous les critères de la divergence. Dans la cour de récréation, Manon se tenait à l'écart, sans personne à qui parler, le pire qui puisse arriver à une élève. Comment transformer cette différence en richesse?

Si l'on en croyait Nietzsche, il faut du chaos en soi pour accoucher d'une étoile qui danse. Manon allait déclencher le chaos en se suicidant. Ce serait son œuvre de fin d'année, une petite étoile dansante libérée d'une humanité de moutons vivant dans un monde basé sur la religion ou le divertissement.

Nue, face à sa caméra, elle avait avalé une boîte entière de somnifères dont elle avait remplacé les cachets par des sucrettes et avait filmé la simulation de son lent endormissement vers un sommeil éternel factice.

– Quelqu'un a vu cette vidéo ? demanda Marie.

– Non, je la réserve pour l'oral de fin d'année.

– Le prof ne va pas être déçu, ironisa Marie.

– Et nous, on pourra la voir ? tenta Mehdi dont les yeux brillaient à l'idée de voir Manon dévêtue à l'écran.

– Pas avant le prof en tout cas.

– Et l'art là-dedans ? l'interrogea Julien.

– C'est quoi ta définition de l'art ?

– Une œuvre d'art doit émouvoir dans un domaine où s'exerce une création esthétique.

– Justement, ça m'étonnerait que le jury reste indifférent à ma prestation.

– Et la beauté dans ce geste, elle est où ?

– Lis ou relis Mishima. Tu dors en cours de français ou quoi ?

– Quelquefois, mais d'après mes souvenirs, il n'y a pas Mishima au programme.

– Moi je n'ai pas de vie sociale, alors la lecture dépasse le cadre du programme. Plus de choses rentrent là-dedans, forcément.

Elle désigna son crâne pour souligner son propos.

– Comme elle se la raconte, commenta Mathilde en se roulant une cigarette.

Manon ignora la pique et répondit à la question de Julien sur la beauté artistique.

– « Un équilibre contrôlé et construit dans le but exclusif de sa propre destruction finale est ma conception dramatique et même esthétique fondamentale », c'est ce que disait Mishima. Il associait la mort, la beauté et l'horreur dans son œuvre. Mais bon, ce n'est pas aujourd'hui l'oral, alors lâchez-moi un peu.

– Comment as-tu réussi à embobiner tout le monde ? demanda Marie, plus prosaïque.

– C'est facile quand personne n'en a rien à foutre de toi.

Manon avait téléphoné au lycée en se faisant passer pour sa mère éplorée. Elle ne risquait pas grand-chose, car ses parents divorcés ne s'occupaient plus de ses affaires. Ils avaient refait leur vie chacun de leur côté autour de familles recomposées dont Manon s'était sentie exclue. Elle vivait dans un studio que son beau-père avait mis à sa disposition.

– Cool, le beau-père, commenta Camille.

– Tu l'as dit. C'était sa garçonnière dans laquelle il sautait ma mère à l'époque où elle était encore avec mon père. Quand il s'est installé avec ma mère, il m'y a entraînée une fois pour essayer de coucher avec moi.

– Quoi ? s'écria Camille.

– Eh ouais, les parents ne sont pas tous comme les tiens, Miss Dior.

– Et t'as réagi comment ?

– J'ai posé mon téléphone sur la commode en mode vidéo. Au début, j'ai résisté mollement quand il a commencé à me palucher, le temps qu'on voie bien le gros vicelard en plein flag. Puis je lui ai torpillé les couilles d'un coup de genou. Pendant qu'il se recroquevillait sur la moquette comme une grosse merde, je lui ai imposé mes conditions. L'enregistrement resterait confidentiel s'il me prêtait son studio pendant l'année scolaire. Pratique, c'est près du lycée. Il a dit oui.

– La vache! s'exclama Julien.

– Le chantage pousse à faire des trucs qu'on n'a pas envie de faire. C'est le principe. Je suis bien placée pour le savoir, car je me suis fait avoir à mon tour par Maxime.

Maxime raconta alors comment il avait percé à jour le faux suicide de Manon. Il était tombé sur elle par hasard à la sortie d'une épicerie, alors qu'il était en train de sécher un cours. Il l'avait reconnue malgré des lunettes de soleil, une casquette, une jupe et un chemisier qui ne faisaient pas partie de la garde-robe habituelle de Manon. Il l'avait suivie jusqu'à son immeuble pour s'assurer que c'était bien elle et l'avait interpellée dans le hall devant les boîtes aux lettres. Elle l'avait fait monter chez elle pour tout lui expliquer. Son faux suicide devait rester secret jusqu'à la présentation en juin. Elle s'y était prise à l'avance pour s'octroyer trois mois sabbatiques. Le charme vénéneux de Manon avait suffi pour convaincre Maxime de ne rien dévoiler sans exiger de contrepartie, à l'exception d'un baiser qu'elle lui avait concédé en guise de remerciements.

Mais à l'approche de la soirée frissons, Maxime, dont la créativité en matière de mauvaises blagues était sans limite, était revenu vers elle avec une idée géniale pour terroriser ses camarades. Il allait organiser une séance de Ouija et faire apparaître le fantôme de Manon. Celle-ci avait d'abord refusé car elle ne voulait pas que son secret soit éventé avant juin. Maxime avait argué que rien ne sortirait du groupe. Face au refus de Manon, il avait usé du chantage. Soit elle collaborait et sa mascarade ne serait connue que de huit personnes. Soit elle repoussait sa proposition et c'est tout le lycée qui serait au courant, avec les conséquences désastreuses que cela aurait pour elle. Il lui avait offert en prime d'intégrer le groupe des Huit. Ce qui pour Manon n'était pas un argument. Elle adhérait en effet à la théorie de Pierre Desproges selon laquelle on est une bande de cons quand on est plus de quatre et donc, a fortiori, moins de deux c'est l'idéal.

Finalement, menacer Manon de vendre la mèche à tout le monde suffisait à la contraindre de participer à la farce horrifique. Maxime bénéficia ainsi de l'entière complicité de Manon au cours de cette soirée frissons. Il s'était fait emmener par son grand-père qui ne connaissait pas ses camarades de classe et ne posa donc aucune question sur la jeune fille taciturne qu'il transportait avec eux.

Ils étaient arrivés les premiers. Manon s'était glissée dans la cave à l'insu de Quentin. Elle y était restée cachée en attendant le signal de Maxime. Camille avait failli la surprendre lors de son gage, au prix d'une grosse frayeur.

À la réception du premier SMS de Maxime, Manon était sortie par-derrière pour contourner la villa et aller frapper à la porte d'entrée.

Au deuxième SMS, elle avait fait son apparition de l'autre côté de la vitre. Une prestation qu'elle avait jugée au départ ridicule mais qu'elle avait finalement appréciée en constatant l'effet terrorisant sur son public.

Le reste avait été plus facile. Elle avait regagné la cave en attendant un troisième signal de Maxime pour couper l'électricité et accomplir son ultime performance spectrale. Pour la première fois de sa vie, elle avait failli avoir un fou rire à la vue des lycéens épouvantés.

– Vous êtes deux beaux enfoirés! s'exclama Léa.

Elle n'avait pas bu le verre d'alcool qui lui était échu afin de manifester son profond désaccord.

– Merci, dit Manon.

– C'est bon, se défendit Maxime. On a tous mythoné pour se filer des frissons. Personne n'a gueulé quand t'as joué le fantôme, toi aussi, derrière la vitre. D'ailleurs j'ai eu peur à ce moment-là que tu nous coupes l'herbe sous le pied.

– C'est pas ça, putain! s'emporta Léa en fixant Manon. Nous faire croire que t'étais morte, sans déconner, ça dépasse les bornes!

– Qu'est-ce que t'en as eu à foutre? répliqua Manon. Tu m'adressais la parole au lycée? Tu te souciais de ma dépression? Tu t'es renseignée sur mes funérailles? T'es venue à mon enterrement? Réponds «oui» à une seule de ces questions et je prendrai en considération ton petit air déplacé de bourgeoise offusquée.

– Il y a eu des funérailles? s'étonna Julien.

– Bien sûr que non, mes parents ne sont au courant de rien. Et au lycée personne ne s'en est aperçu puisque personne n'a cherché à s'y rendre.

– D'accord, je ne te parlais pas, reconnut Léa. Mais j'avais de l'estime et du respect pour toi.

– Super.

– J'ai été choquée par ta mort. Vraiment. J'ai même pris des médocs.

– Désolée d'avoir perturbé ton petit confort.

– Pauvre conne.

– On se détend, les filles, intervint Maxime. Saluons notre créativité quand même. Pour une soirée frissons, on a envoyé du lourd, pas vrai ?

– Je me casse, annonça Léa.

– À pied ? s'étonna Manon.

– J'appelle ma mère.

– Allô maman ? geignit Manon en empruntant une voix enfantine pour imiter Léa. Z'ai trop peur et ils sont trop méçants avec moi. Viens vite me cercer !

– Tu me gonfles, Manon ! s'empourpra Léa.

– Tant mieux, ça fera grossir tes seins.

Léa se leva pour en venir aux mains. Quentin la retint et prit la parole pour s'adresser à Manon.

– Écoute, personnellement, je ne t'ai pas invitée à cette soirée et donc je ne suis pas obligé de supporter tes insultes.

– T'as raté le début de l'histoire ? Je suis pas là de mon plein gré. Ton invitation je m'en cogne. J'ai rempli ma part du marché avec Maxime, maintenant je me casse. Je vais appeler un taxi. Maxime, je t'enverrai la note.

– Tu déconnes, ça va me coûter un bras !

– Moi aussi je m'en vais, dit Léa.

– On partage la course, alors ? proposa Manon.

– Avec une fausse morte ? Certainement pas.

– On peut être sérieux une seconde ? les héla Marie qui examinait son Nikon.

– Je suis très sérieuse, lui répliqua Léa.

– Moi jamais, répondit Manon. Pas dans ce monde en tout cas. Et encore moins dans cette soirée foireuse.

– En fait c'est la question que je veux te poser qui est sérieuse.

– Je t'écoute.

– Est-ce que tu es montée à l'étage depuis ton arrivée ici ?

– Non, je l'ai déjà dit. J'ai moisi dans la cave comme un vieux Roquefort.

– Si tu es restée tout le temps en bas, est-ce que quelqu'un peut me dire qui se trouve à côté de la bibliothèque, là ?

Marie tourna l'écran de son Nikon pour leur montrer une photo du groupe. En arrière-plan, on distinguait une silhouette qui les épiait.

20.

Marie avait imposé un silence glacial dans la pièce, vite brisé par l'incrédulité de Mehdi.

– C'est bon, tu nous as déjà fait le coup, Rima.

– Sauf que là je ne déconne pas. À moins d'être relou, mais bon, je ne crois pas que ce soit mon cas, rassurez-moi.

– Je te rassure, confirma Maxime. Il n'y a que moi ici qui puisse prétendre au titre de gros relou.

Ils examinèrent à tour de rôle l'étrange silhouette apparaissant près de la bibliothèque.

– Ce qui est sûr, c'est qu'il ne s'agit pas de la chauve-souris que Quentin a croisée dans le grenier, plaisanta Maxime.

– Tu veux dire qu'il y a Batman dans les combles ? ironisa Manon.

– Très drôle, souligna Léa.

– Merci.

– Arrêtez de vous vanner cinq minutes, toutes les deux! s'agaça Julien. Ce n'est pas le moment. Il y a une présence dans la maison en plus de nous, puisqu'on est tous sur la photo. À moins que Maxime ait prévu un autre invité surprise.

Ce dernier secoua la tête en affichant une moue de déni.

– C'est Clément à coup sûr, dit Marie.

– Clément, le mastard qui est dans notre classe? s'étonna Manon.

– On l'avait invité pour ce soir.

– Je croyais que vous fonctionniez en cercle fermé.

– On a eu pitié, dit Léa.

– Vous l'avez invité par pitié? Vous vous prenez pour qui, là?

– Pour des personnes qui ne veulent être ni emmerdées ni jugées, répondit Mathilde en craquant son briquet sur un joint.

Elle tira goulûment sur la braise de shit et de tabac, recracha la fumée parfumée en direction du plafond et poursuivit:

– Maxime nous a imposé ta présence ce soir, et ça fait vingt minutes qu'on parle de toi. Ça commence à me soûler. Clément a eu au moins l'élégance de ne pas se pointer et de nous laisser entre nous.

– T'inquiète, je vais vite avoir l'élégance de me retirer.

– Pourquoi penses-tu que Clément est ici? demanda Quentin à Marie.

– C'est le seul qui était au courant de cette soirée. On l'a invité et il ne s'est pas pointé. Et contrairement à Mathilde, je ne pense pas que ce soit par élégance. Pour moi, il joue le jeu à fond pour se montrer à la hauteur. Je suis sûre qu'il prépare un truc pour nous filer les foies.

– Je n'attendrai pas de savoir ce que c'est, dit Léa en allumant son smartphone.

– Il y a de la lumière dehors ! s'écria Marie.

– Quoi ?

Elle désigna un rayon lumineux qui tapait dans l'une des fenêtres de la salle à manger.

– C'est qui ? demanda Mehdi.

– Clément, avec quatre heures de retard, répondit Quentin.

– En fait, il est venu à pied avec une lampe torche, dit Maxime.

Quentin se leva et alla ouvrir la porte d'entrée. La lumière avait disparu.

– Il n'y a personne, annonça-t-il à ses camarades derrière lui.

– Probablement un de tes visiteurs originaires d'une autre planète, suggéra ironiquement Maxime.

– Ne déconne pas avec ça.

– T'as peur ?

– Non.

– Quatre gorgées ! Quatre gorgées ! scanda-t-on dans son dos.

– Je vous ai dit que je n'ai pas peur. Mais ce n'est pas une raison pour prendre ces histoires à la légère. La lumière, tout le monde l'a bien vue, non ?

– On arrête ce jeu débile, décida Léa. Y en a marre de se faire peur.

– Faudrait peut-être aussi qu'on cesse de boire, suggéra Marie. Ça altère nos jugements.

– Madame sérieuse a parlé, déclara Maxime.

Quentin se retourna et leva les yeux sur la caméra de surveillance placée au-dessus du perron. Son visage s'illumina.

– C'est simple, dit-il. Pour savoir ce que c'était, il suffit de regarder l'enregistrement vidéo.

21.

– Je vous rejoins, dit Léa à l'adresse de ses camarades qui se précipitaient tous au bureau.

Elle fila à la cuisine. Manon l'imita et la surprit en train d'ouvrir nerveusement une boîte de cachets.

– Tu fais quoi ? demanda-t-elle.

Léa sursauta et lâcha sa boîte.

– Putain, tu m'as fait peur !

Manon l'aida à ramasser les cachets répandus sur le carrelage de la cuisine.

– Tu prends des calmants ?

– Ouais, depuis que tu es morte. T'as pas écouté ce que j'ai dit tout à l'heure ?

– Je suis désolée. Je ne pensais pas que mon suicide t'affecterait autant.

– Tu n'aimes pas les gens. Comment veux-tu avoir de l'empathie ?

Manon lui tendit sa paume qui contenait une dizaine de cachets.

– Ne les avale pas d'un coup quand même.
– C'est toi la suicidaire, pas moi.

Manon plia sa main en forme de sablier pour écouler le contenu dans la boîte.

– Merci, dit Léa.

Elle ouvrit le robinet de l'évier au-dessus d'un verre qu'elle remplit et but après avoir gobé un cachet. Manon la regardait sans rien dire.

– Quoi encore? fit Léa.
– T'as pas l'air bien.
– Pourquoi crois-tu que je prends des calmants?
– Désolée, vraiment.
– Oh, ce n'est pas uniquement à cause de toi, je te rassure. Tu n'es pas l'unique objet de mes pensées.
– L'unique objet de mon ressentiment.
– Quoi?
– Non, rien, un vers de Corneille qui m'a échappé. «Rome, l'unique objet de mon ressentiment!» C'est dans *Horace*.
– Quelle culture, ironisa Léa.
– Qu'est-ce qui te perturbe?
– Je n'aime pas la façon dont les choses se passent.
– Quoi, ce soir?
– J'ai l'impression que cette soirée nous échappe.
– Qu'est-ce qui te fait penser ça?
– Plein de trucs. Le comportement de Camille pendant le Ouija, la lumière dehors, ce bruit de moteur au-dessus de nos têtes, la silhouette sur la photo de Marie... Il y a aussi cette histoire de pierre tombée dans le salon...
– La porte de la cave, je te rassure c'est moi qui ai oublié de la fermer quand j'ai fait mon numéro à la con.

– Il y a aussi ces pas qu'on a entendus dans la maison... saccadés...

– La nuit, on perçoit les choses différemment. Les sons ne sont pas les mêmes. En plus, vous avez créé une ambiance de merde avec vos jeux débiles.

– Ça va trop loin tout ça, reconnut Léa. On joue avec le feu.

– Vous vous êtes conditionnés tout seuls à avoir peur. Sors de ça. Ne t'attache pas à ce que tu crois être réel. Encore moins à ce que tout le monde pense. Tu t'apercevras vite que le contraire est vrai aussi, et que dans un monde parallèle, il y a des fantômes qui ont peur de toi.

– Je ne comprends rien à ton charabia.

– J'essaye seulement de te convaincre que tu ne crains rien.

– Tu t'intéresses à moi, soudain ?

– Pas soudain. Depuis le début de l'année.

– Qu'est-ce que tu me chantes, là ?

Manon s'approcha de Léa qui était coincée contre l'évier, se colla presque contre elle et lui récita une déclaration d'une voix volontairement monocorde, à la manière d'une mauvaise actrice, afin de voiler ses sentiments qu'elle ne souhaitait exprimer qu'à travers des mots :

– Comment ne pas flasher sur ces cheveux roux qui enflamment la masse terne et indolente des lycéens dérivant par grappes dans la cour de récré ? Comment être de marbre face à un minois d'albâtre qu'aurait volontiers sculpté un disciple de Michelangelo pour surpasser l'auteur de *La pietà* ? Comment effacer de mon esprit une silhouette sulfureuse que j'ai rêvé de déshabiller pendant mes nuits sans sommeil? Comment demeurer indifférente à ta sensibilité et à tes grands yeux verts dont on n'oserait pour rien au monde tirer des larmes?

– Oh là, qu'est-ce que tu me fais?
– Ça ne se voit pas?
– Hein? Toi? Moi?
– T'es à court de mots ou quoi?
– T'es lesbienne?
– Pour être lesbienne, il faudrait aimer les filles. Or je les déteste autant que les mecs.
– Alors quoi?
– Je m'adresse à toi, pas aux autres.
– Putain, c'est bien le moment de m'annoncer ça.
– Tu viens de m'apprendre que mon suicide t'a touchée. La seule personne pour laquelle j'éprouve quelque chose a été la seule à s'être émue de ma mort. C'est un signe, non? Tu crois vraiment que c'est le chantage de Maxime qui m'a forcée à venir ici ce soir? La seule perspective de passer une soirée en ta compagnie et de pouvoir te parler en dehors du bahut a suffi à me motiver.
– Si je m'attendais à ça.
– Il n'y a pas vraiment de hasard.
– Qui dit ça?
– Ceux qui tirent les ficelles.

La bouche de Manon s'était rapprochée de celle de Léa. Leurs lèvres se touchèrent. Léa eut un réflexe de rejet et repoussa Manon contre la table de la cuisine. Elle s'essuya d'un revers de manche, laissant sur son visage une moue de dégoût.

– Ça va pas, non?

– Je ne vais pas te dire que je suis désolée car si c'était à refaire, je le referais. Allez, je ne t'embête plus. Va retrouver ton petit copain.

Léa s'écarta de Manon en direction de la porte. Elle se retourna sur le seuil. Manon était en train de composer un numéro.

– Tu fais quoi?

– J'appelle un taxi.

– Maintenant?

– Si tu n'as pas envie de me voir, je n'ai plus rien à foutre ici.

Léa hésita, jeta un œil en direction du salon déserté par les autres, et revint vers Manon.

– Écoute, je n'ai jamais embrassé une fille…

– C'est bon, ne te justifie pas. Tout le monde aurait réagi comme toi.

– Justement. Je ne suis pas comme tout le monde… et toi encore moins.

Léa s'approcha un peu plus, saisit Manon par la taille et l'embrassa sur la bouche. Leurs langues se mêlèrent dans un long baiser qui fit battre plus vite leurs cœurs sous leurs poitrines collées l'une contre l'autre. Léa hasarda sa main sous le débardeur de Manon qui plongea à son tour une main dans le jean de Léa.

– Putain! Qu'est-ce que vous foutez?

Quentin était planté dans l'entrée de la cuisine avec un air encore plus stupéfait que lorsqu'il avait vu Léa en spectre derrière la vitre. Les deux filles se détachèrent, embarrassées.

– C'est de ma faute, dit Manon. J'ai craqué pour ta meuf et je l'ai coincée contre l'évier.

– Elle n'avait pas l'air de beaucoup se défendre.

– Je l'ai menacée de rester si elle ne m'embrassait pas. Ça l'a motivée.

Chamboulée, Léa ne parvenait pas à prononcer un mot.

– Je rêve, c'est tout ce que vous avez à foutre alors que quelqu'un rôde autour de la maison ?

– T'as vu quelque chose sur les vidéos ? bredouilla Léa en espérant changer de sujet.

– Pourquoi, ça t'intéresse maintenant ?

– Ça va, c'est bon, tu ne vas pas commencer à me soûler avec ça.

– Ah parce que c'est moi qui te soûle. Tu te paluches avec une... une... morte, et c'est moi qui te soûle !

– Bon, je vous laisse, dit Manon.

– C'est ça, casse-toi ! Et j'espère que tu vas tomber sur le rôdeur.

– À quoi il ressemble sur les enregistrements vidéo ?

– On ne voit que la lumière, pas celui qui tient la torche.

– Il est bidon ton rôdeur.

– Qu'est-ce que t'en sais, toi ?

– Depuis le début de la soirée vous n'arrêtez pas de vous piéger pour vous foutre la trouille. Une lampe torche et ça y est, vous imaginez le pire. Faudrait se calmer sur la picole et la connerie, les gars.

– Ah ouais ? Et ce serait qui l'auteur de la blague à ton avis ? On était tous à l'intérieur.

– Marie parlait de Clément tout à l'heure...

– Pour toi, ce loser introverti serait en train de nous faire peur en coulisses ?

– « Loser introverti » c'est tout à fait le profil du mec capable d'agir dans l'ombre.

– N'importe quoi !

– Bon, cette fois j'y vais. J'appelle un taxi.

– Ouais, c'est ça, le plus vite sera le mieux.

– T'as du réseau ici ?

– Évidemment. Ne cherche pas d'excuse pour rester.

– Ben passe-moi ton téléphone alors, parce que le mien ne capte rien.

Quentin jeta un œil sur son smartphone. Aucune barre de réseau.

– Je ne comprends pas, dit-il en quittant brusquement la cuisine.

Léa adressa un sourire doublé d'un « merci » à Manon et suivit son copain.

Manon essaya plusieurs fois d'appeler mais aucune connexion n'était possible. Elle regagna le salon et monta à l'étage.

Le bureau était vide. Tout le monde avait disparu.

22.

– Vous êtes où ? cria-t-elle.
Aucune réponse.
Elle redescendit et les retrouva tous agglutinés dans le hall autour de Quentin qui ôtait le couvercle d'un boîtier blanc.
– Vous pourriez répondre quand on vous appelle.
– On croyait que tu devais partir, répondit sèchement Quentin muni d'un tournevis.
– Qu'est-ce qu'il fout ? demanda-t-elle sans s'adresser particulièrement à quelqu'un.
– Il cherche le rôdeur, plaisanta Maxime.
– Il bricole, ajouta Julien.
– Vous arrivez à déconner encore avec ce qui nous arrive ? s'offusqua Marie.
La troisième réponse fut la bonne :
– Il vérifie le fonctionnement de l'amplificateur cellulaire, expliqua Mehdi. C'est le truc qui permet d'avoir du réseau.

– Putain, il a grillé! s'exclama Quentin.
– Comment ça «grillé»?
– Les fils ont fondu. Comme s'il y avait eu une surcharge.
– Ou un sabotage, dit Julien.
– Qui aurait fait ça?
– Là, ça part en couilles, résuma Mehdi.
– Tu veux dire qu'on ne peut plus téléphoner? s'affola Léa.
– J'en ai bien peur.
– Et moi, je rentre comment? se plaignit Manon.
– On s'en bat les couilles, répliqua Mehdi.
– La peur te donne du vocabulaire.
– Quoi, t'es venue ici juste pour nous faire chier?
– Pas plus que tu es là pour jouer les Arabes de service.
– J'y crois pas, parce qu'en plus t'es raciste?
– En plus de quoi?
– D'être lesbienne.
– Je vois que les ragots circulent vite.
– Tu peux lui foutre la paix, s'il te plaît? lança Léa à Mehdi.
– Quoi, t'es son avocate aussi?
– Pourquoi tu commences toutes tes phrases par «Quoi»? le piqua Manon.
– Vous allez arrêter, oui? s'énerva Camille. Vous ne semblez pas réaliser que, là, on se retrouve complètement isolés.
– Il n'y a pas une ligne fixe? demanda Manon.
– Elle ne marche pas non plus.
– Est-ce que ça signifie que je suis coincée ici avec vous?

– Tu as l'option de descendre à Vence à pied.

– Qui c'est, le voisin le plus proche?

– Il y a un centre équestre à quelques kilomètres mais il est fermé la nuit.

– On est confinés comme dans un jeu télé de merde, constata Julien.

– T'as raison, renchérit Manon, on s'y croirait: des jeunes crétins dans une villa, filmés en permanence...

– Merci pour les «jeunes crétins», releva Camille.

– Vous n'avez rien noté de suspect sur les vidéos tout à l'heure?

– Putain mais qu'on est cons! s'exclama Quentin.

– Je confirme, dit Manon.

– Les caméras de surveillance! On a cherché d'où venait la lumière dehors mais on n'a même pas pensé à revenir plus loin en arrière pour voir qui se planquait près de la bibliothèque. L'intrus doit bien apparaître sur les enregistrements, non?

– Remontons vérifier, dit Mehdi.

– Moi je vous parie que c'est cet enfoiré de Clément qui est en train de se payer notre tête, dit Marie.

23.

Ils remontèrent en file indienne au bureau et se tassèrent dans le dos de Quentin assis devant le moniteur subdivisé en douze écrans. Ce dernier tapa avec dextérité sur les touches du clavier.

– Je vois que tu maîtrises, remarqua Manon.
– De quoi ?
– Le système de vidéosurveillance.
– C'est aussi facile à utiliser qu'un magnétoscope.
– C'est quoi un magnétoscope ? vanna Maxime.
– Toi t'es le comique de la bande, je suis sûre, constata Manon.
– D'habitude c'est Quentin. Mais c'est gentil d'apprécier mon humour.

Les images défilaient à l'envers et en accéléré sur le multi-écrans.

– Tu l'as prise vers quelle heure, ta photo ? demanda Quentin à Marie.
– Il y a deux heures environ.

Quentin cala la lecture des vidéos à partir de 21 heures en privilégiant l'angle de vue sur la bibliothèque.

– T'as le son avec ? demanda Manon.

– Non, il n'y a que l'image. Mais ça suffira pour reconnaître cet enfoiré de Clément.

– Si c'est lui.

L'écran renvoyait une image statique sur laquelle ils s'attendaient tous à voir surgir la silhouette de Clément au milieu des rayonnages de livres.

– Vous savez ce que disait John Waters à propos des bouquins ? les interpella Manon pour briser le silence.

– Qui est John Waters ? s'intéressa Camille.

– Il a inventé les chiottes avec monsieur Closet, blagua Maxime.

– Si tu continues à être aussi drôle, je ne vais pas tenir, ironisa Manon.

– Génial, j'ai une fan !

– Waters est un réalisateur culte, reprit Manon. *Pink Flamingos*, *Hairspray*, *Cry-Baby*, ça ne vous évoque rien ?

– *Cry-Baby*, je l'ai vu, répondit Marie.

– Il a fait aussi *Polyester*, le premier film en odorama. On le voyait en grattant des pastilles. Bref, Waters disait que si tu te retrouves chez une personne qui n'a pas de livres, ne baise pas avec elle.

– T'a bouffé un dictionnaire des citations ou quoi ? lui lança Maxime.

– C'est mieux que de bouffer des chips.

– J'aime pas les citations.

– J'aime pas les chips.

– Les citations, c'est comme le bluff au poker. Ça te sert à cacher que tu n'as rien.

– Pour info, je te signale que j'ai une grosse bibliothèque chez moi, dit Mehdi à Manon.

– Désolée, mon cœur est déjà pris, répliqua-t-elle en lorgnant Léa.

– Qui te parle de cœur ?

Quentin pointa du doigt l'un des écrans en bas du moniteur :

– Tiens, là, il y a Camille qui sort des toilettes en loucedé. C'était pendant qu'on dansait.

– T'as pas de caméra dans les chiottes ? demanda Maxime.

– Pervers.

Sur l'enregistrement d'une autre caméra, on distinguait Camille en train de se faufiler vers la cave. Quentin figea l'image sur un troisième écran pour montrer la pierre qui se trouvait en bas de l'escalier.

– Elle n'était pas là avant ! s'exclama-t-il. Sûr que c'est pas toi qui l'as placée là ?

– Comme si j'avais que ça à faire avant mon numéro.

– Alors ce sont les visiteurs, suggéra-t-il.

– Les visiteurs ? releva Manon. Jacquouille est parmi nous ?

– Il paraît que l'endroit est régulièrement visité par des entités qui se manifestent sous différentes formes, lui expliqua Léa.

– Du genre ?

– Des halos lumineux.

– Ben voilà, on tient notre rôdeur.

– C'est une possibilité, lui accorda Léa.

– Ils se déplacent comment ? En soucoupe volante ?

– Des trucs lumineux triangulaires ont été signalés dans le ciel.

– C'est avéré par des rapports de police et des articles de presse, argumenta Quentin. Si ça t'intéresse, il y a deux bouquins en bas qui traitent du sujet.

– Sérieux, les gars, vous êtes à fond dans vos soirées, constata Manon.

– Là, c'est encore Camille, commenta Quentin concentré sur les écrans.

Camille entra successivement dans le champ des caméras axées sur la bibliothèque et sur la chambre dans laquelle elle s'était enfermée pour taper comme une folle contre la porte.

– On assiste carrément au making of, souligna Maxime.

– On peut passer, dit Camille.

– Non au contraire, c'est excellent.

Ils la virent se mettre à l'envers sur ses quatre membres avec l'agilité d'une gymnaste.

– Wouaou ! Tu dois assurer au plumard, apprécia Manon.

– Détrompe-toi, ça fait peur aux mecs.

À l'écran, Camille dévalait les marches comme une araignée géante sous l'éclairage ténu et tremblant des téléphones de ses camarades. Une prouesse de quelques secondes qui les médusa autant que la première fois.

– J'avais raté ça ! s'exclama Manon. Du coup je ne regrette pas d'être restée.

– Tu as pris ta photo après la performance de Cam ? demanda Quentin à Marie.

– Oui, avant la séance de Ouija.

Leur attention se focalisa sur l'enregistrement de la caméra dont le champ englobait un pan de la bibliothèque, le haut des escaliers et une partie du couloir.

Les minutes s'égrainaient lourdement.

– C'est bientôt, annonça Marie.

Les regards étaient rivés sur le plan fixe.

Rien ne se passait.

Quentin agrandit la taille de l'image pour être certain de ne rien rater.

– T'es sûre que c'est là ?

– Oui, je te dis.

Une face difforme surgit en gros plan.

Quentin sursauta. Les autres hurlèrent dans son dos.

Le monstre fixa l'objectif une seconde et s'éclipsa aussi rapidement qu'il était apparu.

– Putain, c'était quoi ça ? demanda Julien.

– Tu m'as pété un tympan ! gueula Quentin à Léa qui avait crié à quelques centimètres de son oreille.

Marche arrière. Stop. Lecture. Pause.

Le visage atrocement hideux remplissait à nouveau l'écran. L'image en noir et blanc de qualité médiocre le rendait encore plus énigmatique. Des yeux de poisson mort, un nez flasque, une peau fripée, une bouche déformée par un cri muet, des cheveux sales. Il semblait vouloir dire quelque chose.

– C'est un masque, nota Maxime.

Quentin tourna la tête vers la porte du bureau.

– Vérifie qu'elle est fermée.

Léa tourna la clef dans la serrure.

Le silence dans la pièce rendait l'angoisse palpable. Il leur permit aussi d'entendre Quentin pouffer.

– Qu'est-ce qui te fait rire ? s'étonna Léa.

– C'était moi ! Avec un masque.

– Toi ? T'es con ou quoi ? Pourquoi t'as fait ça ?

– Ben... vous filer la trouille. J'étais sûr qu'on allait visionner ces enregistrements. J'ai fait le coup sur plusieurs caméras.

– La classe ! apprécia Maxime.

– Si tes parents tombent dessus, ils ne vont pas s'en remettre, avertit Julien.

– La silhouette dans l'escalier c'était toi, alors ? demanda Maxime.

– Comment veux-tu que ce soit moi ? J'étais avec vous au premier plan sur la photo.

– Je crois que ça va être là, avertit Marie concentrée sur l'écran.

Elle avait déjà oublié la farce de Quentin.

– J'ai pris la photo quand Mehdi nous a rejoints, précisa-t-elle.

Un nouveau silence souligna le suspense qui se comptait désormais en secondes.

Une ombre se profila dans le cadre.

– Là ! cria Marie.

L'intrus restait hors champ.

– Il se méfie des caméras de surveillance, déduisit Julien.

– J'ai une idée, dit soudain Quentin.

Il sélectionna l'enregistrement de celle placée sur le perron et revint en arrière.

– La caméra de l'entrée l'a peut-être chopé.

– T'en as combien qui sont installées dehors ? demanda Camille.

– Deux. Une devant la maison, une à l'arrière braquée sur la terrasse et la piscine.

Il remonta au moment de l'arrivée de Camille, fit défiler en accéléré l'apparition des invités suivants jusqu'à ce qu'il tombe sur celui qu'ils n'attendaient plus : Clément !

– J'en étais sûre que c'était lui ! s'écria Marie.

Quentin cliqua sur «lecture».

– Il est venu ! s'exclama Julien.

– Oui, mais on ne l'a pas vu, ajouta Quentin.

À l'image qui n'était pas nette à cause de l'obscurité, on distinguait Clément immobile. Il portait un sac à dos et fixait quelque chose hors champ.

– On dirait qu'il a peur d'entrer.

– Il est timide, précisa Léa.

– Non, il a peur d'un truc. Regardez.

Clément fit un pas en arrière. Il était terrorisé. Il recula encore.

– Qu'est-ce qui le fait flipper comme ça ?

Clément se débarrassa de son sac à dos et détala dans la nuit, sous la pluie battante.

– Putain, le con, il s'est barré ! s'exclama Mehdi.

– Ça s'est passé il y a plus de quatre heures, signala Marie.

– Il a été témoin de quelque chose qui l'a tellement effrayé qu'il n'est pas allé plus loin, déduisit Quentin.

Ils entendirent du bruit dans la maison.

– C'était quoi ça ? demanda Julien.

– On aurait dit du verre brisé.

– Ça venait d'en bas.

Julien fonça vers la porte, se retourna brusquement avant d'ouvrir et regarda ses camarades.

– Où est Mathilde ? s'écria-t-il.

24.

– La dernière fois que j'ai vu Mathilde, elle était dans le hall, dit Julien à Quentin. Tu examinais la boîte de l'amplificateur téléphonique.

– Quand on est montés, elle m'a dit qu'elle allait s'en griller une, témoigna Maxime.

Ils descendirent au rez-de-chaussée sans trouver leur camarade. La porte d'entrée était ouverte sur un courant d'air froid et humide. Un vase s'était brisé en tombant sur le carrelage.

– Putain, je crois qu'il valait super cher celui-là, déplora Quentin en constatant les dégâts.

– Mathilde ne serait pas allée fumer dehors par ce temps! dit Camille.

Quentin jeta un œil dehors, encaissa une rafale de vent et appela Mathilde sans obtenir de réponse. Il s'assura qu'il ne voyait personne et referma la porte en donnant un tour de clef. Ils cherchèrent leur copine dans toute la maison.

Mathilde demeurait introuvable.

– On va devoir remonter au bureau.

Ils suivirent Quentin qui s'intéressa désormais aux fichiers des caméras du salon et du hall. Il cala la lecture sur le moment où Mathilde s'était séparée du groupe.

On la voyait en effet fumer, assise sur le divan. Son attention avait été détournée par quelque chose dans l'entrée. Elle s'était levée au ralenti et avait quitté le salon pour s'avancer avec une certaine réticence vers le hall. Elle avait ouvert la porte d'entrée et s'était retrouvée, la clope au bec, face à la nuit et aux intempéries. Après avoir vérifié qu'il n'y avait personne, elle avait refermé, s'était tournée avant de s'immobiliser, terrorisée, comme Clément, par quelque chose qui était à l'intérieur de la maison mais qu'on ne voyait pas. Mathilde avait reculé en renversant le vase et s'était enfuie.

Quentin chercha sur les autres enregistrements ce qui avait pu autant effrayer la jeune fille. Il ne trouva rien.

– D'abord Clément, puis Mathilde, souligna Camille. Qu'est-ce qui les a terrifiés comme ça ?

– Putain ! s'exclama-t-il soudain.

Il s'éjecta de son fauteuil et courut vers les escaliers qu'il dévala comme s'il y avait le feu.

– Qu'est-ce qui lui prend ? s'étonna Julien.

– Il a vu quelque chose, déduisit Léa en examinant les différentes vidéos sur le moniteur.

L'une d'elles montrait Mathilde errant paniquée aux abords de la piscine.

– On fonce ! commanda Mehdi.

Ils imitèrent Quentin, à l'exception de Manon qui préféra rester dans le bureau. Elle estimait que le panorama y était bien meilleur, ce qui fut confirmé par l'apparition d'un Quentin affolé sur l'écran de contrôle. Entre-temps, Mathilde avait disparu du champ des caméras.

– Qu'est-ce que tu fous ? s'étonna Marie.

Elle était revenue sur ses pas.

– Je vous regarde vous exciter, répondit Manon.

– T'es pas chiée.

– Et toi, pourquoi t'es remontée ?

– Mehdi m'a demandé de surveiller les écrans.

– Il a raison, on se marre mieux d'ici.

– Tu ne prends rien au sérieux, toi.

– Si. Deux choses. Les seules dont on est vraiment sûr : la naissance et la mort. Entre les deux, c'est pipeau. Ce qui se passe autour de toi n'est pas forcément ce que tu crois. Alors je te laisse imaginer le crédit que tu peux accorder à ces images.

Elles portèrent leur attention sur les différents angles de vue transmis par les caméras : la cuisine, le salon, la salle à manger, le hall, les chambres, la bibliothèque, le bureau, la terrasse, le perron. Léa surgit dans l'un des cadres, celui du hall. Elle revenait de dehors. Elle agita les bras en direction de l'objectif avec un air paniqué.

– Il y a un problème, déduisit Marie.

– Tu comprends le langage des signes ?

– Tu restes là ?

– Tant que je n'ai pas de réseau pour appeler un taxi, je vais vous regarder.

– J'y vais.

– C'est ça, bonne chance.

Manon se retrouva à nouveau seule et en profita pour inspecter la pièce. Celle-ci était vaste et dotée de deux grandes fenêtres. Une table d'architecte était posée devant l'une d'elles. Le reste du mobilier était composé d'un canapé inconfortable, d'un grand placard fermé à clef, d'étagères encore vides et d'un bureau qui accueillait à la fois un iMac gigantesque et le moniteur relié au système de surveillance. Manon décrocha sans y croire le téléphone de la ligne fixe qui n'émit aucune tonalité. Cramée elle aussi. Elle sortit son portable. Toujours pas de réseau. Elle était condamnée à rester dans cette villa occupée par une bande de gamins qui s'amusaient à se faire peur par tous les moyens.

Après avoir tourné en rond et vérifié qu'il ne se passait rien à l'écran, elle s'aventura dans le couloir et buta sur la bibliothèque. Elle effleura du doigt les rayonnages de livres. En bas, elle percevait le remue-ménage de ses camarades à la recherche des deux disparus. Peut-être allait-elle trouver un ouvrage intéressant dans cette forêt d'œuvres compassées. Manon n'aimait pas la littérature contemporaine, à quelques exceptions près. La plupart des écrivains lui donnaient peu d'émotions, encore moins envie de vivre.

Son regard s'arrêta sur un recueil de nouvelles : *La Chambre rouge* d'Edogawa Ranpo. Elle s'en saisit comme si elle le volait. Elle était friande des nouvelles car l'art de bien les écrire était difficile. Peu prisé en France, ce genre littéraire n'en avait forcément que plus d'intérêt pour Manon. Ne pas aimer la même chose que tout le monde. Ne pas lire la même chose que tout le monde. Ne pas penser la même chose que tout le monde.

Elle feuilleta machinalement *La Chambre rouge* en commençant par sa nouvelle préférée intitulée *La Chaise humaine*.

Comme chaque matin, Yoshiko sortit sur le perron et salua son mari qui se rendait au ministère...

Manon sentit un léger mouvement dans son dos. Elle se retourna sur la mezzanine. Elle était vide.

– Vous êtes là ? héla-t-elle.

Faute de réponse elle jugea utile d'ajouter :

– Je vous préviens, je ne participe pas à vos conneries.

Elle se pencha au-dessus de la rambarde. Des éclats de voix lui parvenaient du dehors. Elle distingua celle de Camille qui appelait Quentin.

Manon allait reposer le recueil lorsqu'elle s'étonna d'entendre un gloussement. Il émanait d'une chambre à l'étage. Elle s'avança en soupçonnant une farce de ses camarades.

– Je vous ai dit que je ne marche pas dans votre cirque !

Elle ne put s'empêcher d'éprouver de l'appréhension en s'approchant de la chambre. Son instinct lui dictait la prudence. Elle avait vu tout le monde descendre au rez-de-chaussée. Le gloussement ne pouvait donc pas être produit par l'un des huit farceurs.

La porte était légèrement entrouverte. Elle la poussa sans émettre un son qui aurait trahi sa présence. Elle passa la tête et s'accrocha à l'idée que tout n'était qu'illusion, en particulier ce soir-là dans cette maison.

Elle entra.

Un lit imposant couvert d'une épaisse couette fleurie et de coussins dodus trônait dans la pièce. Une armoire en chêne, une commode massive et un fauteuil de style complétaient l'ameublement. D'épais doubles rideaux tranchaient sur les murs blancs décorés de toiles modernes. On se serait cru dans une chambre d'hôtes de luxe. Manon jeta un œil derrière les tentures avant de vérifier que personne ne se cachait sous le sommier.

Il restait encore un endroit qui pouvait contenir quelqu'un.

L'armoire.

Manon ouvrit simultanément les deux battants qui grincèrent. Les bras en croix, elle se retrouva face à une penderie et des étagères de linge.

Elle dut se rendre à l'évidence qu'il n'y avait personne dans la chambre. Pourtant, elle sentit une présence, juste derrière elle.

25.

Peu de temps avant que Manon ne sorte du bureau, Marie était descendue dans le hall, alertée par les grands signes de Léa. Elle l'aperçut sur le perron, déboussolée, la saisit par les épaules. Au lieu de la calmer, elle la bombarda de questions sans lui laisser le temps de répondre.

– Qu'est-ce qui se passe ? Vous avez retrouvé Mathilde ? Où sont les autres ?

– Quentin a disparu lui aussi.

– Quoi ?

– On l'a cherché partout. T'as vu quelque chose sur les caméras ?

– Non, je n'ai rien remarqué.

On entendait dehors les autres appeler Mathilde et Quentin. Les lumières de leurs smartphones perçaient chichement l'opaque obscurité.

Camille rejoignit les deux filles et résuma la situation.

– Quentin s'est volatilisé. Aucune trace de Mathilde non plus. Mehdi a entendu du bruit du côté de la forêt, mais on voit que dalle. En plus il se remet à pleuvoir.

Les filles rentrèrent, suivies quelques minutes plus tard par Mehdi, Maxime et Julien, lessivés. À leurs airs déconfits, Marie comprit que la situation était sérieuse. Quelque chose de grave était en train de se passer. Mais ils ne savaient pas quoi.

– Qu'est-ce qu'on fait ? demanda-t-elle.

– Il faut prévenir les secours, dit Julien.

– Jurez-moi que personne parmi vous n'est en train de nous faire marcher.

– Si c'est le cas, je le tue de mes propres mains, promit Mehdi.

– J'ai fait ma part en jouant le spectre et je le regrette déjà, dit Léa.

– Moi aussi, ajouta Camille. Franchement, je préférais nos soirées rigolades.

– Je jure n'être pour rien dans ce qui a fait fuir Mathilde, Clément ou Quentin, assura Maxime.

Julien jura également.

– Où est Manon ? s'inquiéta soudain Mehdi.

– Elle est en haut, répondit Marie.

– Il faut qu'on soit groupés.

– Elle préfère se la jouer solo. Tu la connais.

– Rien à foutre, on reste ensemble.

Mehdi prit la tête de la bande plus soudée que jamais et monta au bureau.

– Elle est passée où ? demanda-t-il en ressortant de la pièce.

– J'en sais rien, se désola Marie.

Ils appelèrent Manon.

– Ça craint, dit Maxime.

– Je veux partir d'ici, dit Camille.

– Manooooon ! cria Mehdi.

– Moins fort, lui ordonna Marie.

– Si je chuchote, elle ne risque pas de m'entendre.

– Là ! s'exclama Léa en désignant la porte entrouverte de l'une des chambres.

Ils progressèrent en silence sur la mezzanine et se positionnèrent de part et d'autre du chambranle comme s'ils étaient sur le point de lancer un assaut. Mehdi donna un coup de pied dans la porte et pénétra dans la pièce. Il n'y avait personne. Son regard balaya l'espace et s'arrêta sur un livre par terre. Il le ramassa. C'était *La Chambre rouge* d'Edogawa Ranpo.

26.

Camille, Léa, Marie, Mehdi, Julien et Maxime s'enfermèrent dans le bureau pour analyser la situation et surtout décider de la suite. Étaient-ils victimes d'un canular élaboré visant à installer le climax de cette soirée frissons ? Ils en étaient tous capables. Le coup de Maxime qui avait « ressuscité » Manon avec sa planche de Ouija relevait déjà du tour de force. Dans ce cas, les suspects ne pouvaient être que ceux qui avaient disparu : Clément, Mathilde, Quentin et Manon.

– Manon n'en a rien à foutre de notre gueule, objecta Marie. Je ne la vois pas s'investir dans un truc pareil. En plus c'est Maxime qui est allé la chercher.

– Je suis d'accord, approuva Maxime. Et Quentin ?

– Pour moi, c'est le coupable idéal, dit Marie. Il est le seul à connaître les lieux. Il est arrivé le premier ici et a eu le temps de tout préparer. Il a installé un climat d'angoisse avec ses histoires de visiteurs et de phénomènes paranormaux. Il adore faire des blagues. C'est lui qui a eu l'idée de la soirée frissons. Et il nous a laissés en plan sans nous donner la moindre explication.

– Il a voulu porter secours à Mathilde, expliqua Camille.

– Je le connais bien, intervint Léa. Il n'irait pas aussi loin. Enfin je ne crois pas. Comment aurait-il pu terroriser Clément et Mathilde, d'autant plus qu'il était avec nous quand ils se sont enfuis ? Et puis, franchement, je partage pas mal de temps avec lui, je me serais aperçue d'un truc.

– OK, résuma Marie. On exclut Manon et Quentin. Il reste Clément et Mathilde.

– Ce n'est pas le genre de Mathilde, dit Julien. Elle a fait sa part avec sa scène gore des doigts coupés, mais après elle est passée en mode détente. Elle n'arrêtait pas de boire et de fumer.

– Et Clément ?

– C'est un introverti, dit Mehdi. Je l'imagine mal en maître du jeu.

– Oui, mais il a un bon mobile, souligna Camille.

– Quoi, nous faire payer notre désinvolture à son égard ? devina Marie.

– La vengeance de Big Boloss, résuma Maxime.

– Non, puisqu'on a fini par l'inviter, argua Julien.

– En plus, on l'a vu sur les vidéos, dit Marie. Il flippait autant que Mathilde.

– Et si on examinait l'autre hypothèse ? suggéra Julien. Celle dont personne n'ose parler.

– Laquelle ? demanda Léa.

– Un élément extérieur au groupe qui s'en prendrait à nous.

– Je ne préfère pas l'envisager, avoua Camille. Ça signifierait que Clément, Mathilde, Quentin et Manon ont été victimes d'un psychopathe. Et qu'on risque d'y passer nous aussi...

– Se voiler la face ne nous aidera pas à résoudre le problème, souligna Mehdi.

– Jusqu'à maintenant, je refusais d'entrevoir cette possibilité, confia Léa. J'ai pensé à une connivence entre Clément, Mathilde et Quentin. Mais là, ça commence à faire beaucoup de disparitions. En plus, je ne vois pas Manon se rendre complice de Quentin ou Mathilde pour animer la soirée. Elle ne s'entend avec personne.

– Sauf avec toi, nota Julien.

– D'ailleurs, quels sont tes rapports avec elle exactement ? demanda Mehdi.

– Je crois qu'elle a des sentiments pour moi.

– Et c'est réciproque ?

– Ce n'est pas le moment pour en parler.

– Ben si justement. On cherche à établir des connivences entre certains d'entre nous. Quentin t'a vue lui rouler une pelle dans la cuisine. Et inutile de nier, on peut vérifier ça tout de suite sur les vidéos.

– Oh ! C'est un procès que tu me fais, là ?

– Il s'agit juste d'éclaircir la situation, intervint Marie.

– En attendant, on est enfermés comme des cons dans ce bureau, déplora Maxime.

– Il se passe un truc ! s'écria Camille.

Elle désignait les images en provenance de la cuisine.

Ils se groupèrent devant le moniteur.

– T'as vu quelqu'un ?

– C'était trop petit et trop rapide pour être une personne. Je n'ai pas eu le temps d'identifier ce que c'était. Il faut remettre en arrière. Quelqu'un sait comment ça marche ?

– Ouais, j'ai vu comment s'y prenait Quentin, répondit Maxime.

Ils se repassèrent les images de la cuisine correspondant aux minutes précédentes. Quelque chose traversait l'écran en effet, mais en un dixième de seconde. Maxime mit sur pause. L'image était floue et sautait un peu. On distinguait une forme de la taille d'un chat.

– C'est dans la maison, dit Maxime.
– Il faut aller vérifier. Un volontaire ?
– On y va tous, décida Camille.

Maxime déverrouilla la porte du bureau et passa la tête dans le couloir.

– La voie est libre, déclara-t-il avant de réaliser que ce qu'il venait de dire était crétin.

Ils sortirent en marchant sur des œufs.

– Si c'est une farce, on a vraiment l'air cons, grogna Mehdi.

– Et si ce n'en est pas une, on sera contents d'avoir été prudents, argua Léa.

Une fois en bas, ils vérifièrent que la porte d'entrée était verrouillée et que les baies vitrées étaient bloquées.

– Et si l'intrus était à l'intérieur depuis tout ce temps ? suggéra Julien.

– Cela voudrait dire qu'on s'est enfermés avec lui, répondit Camille.

27.

– Personne! déclara Mehdi.

Il s'était avancé en éclaireur vers la cuisine.

– C'est quoi ça? demanda Julien.

Une pierre avait atterri au pied du réfrigérateur.

– Quelqu'un l'a lancée ici, répondit Marie. C'est ça qu'on a vu à l'écran.

Léa leva les yeux sur la caméra de la cuisine.

– C'était une diversion! s'exclama-t-elle.

– Quoi? s'étonna Mehdi.

– Pour nous éloigner des écrans de surveillance.

Elle fonça comme une folle dans les escaliers qu'elle gravit quatre à quatre et s'acharna sur la poignée de la porte du bureau qui lui résistait. Les autres arrivèrent en renfort.

– Quelqu'un parmi vous a fermé à clef? leur demanda-t-elle.

Ils nièrent tous. Pourquoi auraient-ils fait ça?

Maxime et Mehdi se jetèrent à tour de rôle contre le battant jusqu'à ce que la serrure cède. Léa bondit sur le clavier, jura, s'énerva, fit bugger le système. Maxime prit le relais avec plus de sang-froid et se reconnecta.

– Qu'est-ce que tu cherches ?

– Les enregistrements de ce qui s'est passé pendant les dix minutes qui viennent de s'écouler.

Maxime lança la lecture depuis le moment où ils avaient déboulé dans la cuisine. Ils ne notèrent rien d'anormal sur les autres écrans correspondant aux différentes parties de la villa. Léa massa nerveusement sa crinière rousse.

– Je suis sûre qu'on nous a attirés dans la cuisine pour nous éloigner de ce bureau. La porte bloquée le confirme, non ? Il faut regarder ailleurs. Je veux voir les images de dehors.

Maxime sélectionna les deux caméras extérieures et partagea le cadre en deux. À gauche, les images du perron. À droite, celles de la terrasse et de la piscine. Il remonta vingt minutes dans le temps et fit défiler les enregistrements simultanément.

Léa avait raison.

Quentin apparut à droite sur l'écran, en quête de Mathilde qui venait de disparaître. Leur camarade se retourna face à quelque chose qu'ils ne voyaient pas. Terrorisé, Quentin reculait vers les bâches du chantier de la piscine à moitié arrachées par le vent. La fosse géante et gluante n'était qu'à quelques centimètres de ses talons. Quentin semblait hypnotisé, avec cette même expression de terreur qu'ils avaient lue sur les visages de Clément et Mathilde. Quentin se mit soudain à trembler, à grimacer de douleur avant de se contracter et se tétaniser, comme s'il avait été traversé par une force invisible.

Ils le virent s'écrouler et basculer au fond du trou.

Léa retint un cri avec ses deux mains.

– La pluie recommence à tomber, nota Marie en scrutant les images.

– Putain, ça s'est passé au moment où on est sortis et on n'a rien vu, constata Mehdi.

– On l'a raté de peu, déduisit Julien.

Léa se rua dehors.

– Léa! gueula Mehdi en s'élançant à sa poursuite.

Il courut derrière elle, suivi par Maxime et Camille, tandis que Marie et Julien restaient dans le bureau les yeux rivés sur l'écran.

Dehors il pleuvait à torrents. Mehdi vit Léa sauter comme une folle dans la fosse de la piscine et remuer la boue de ses mains à la recherche de Quentin. Il l'appela en vain. Maxime et Camille le rejoignirent.

– Il faut l'aider, dit Camille.

Mehdi et Maxime trouvèrent une pelle et une pioche sur le chantier et descendirent dans le trou, accompagnés par Camille qui les éclairait avec son téléphone. Ils piochèrent et creusèrent à la place de Léa, ne remuèrent que de la boue et des cailloux, et durent se rendre à l'évidence: le corps n'était plus là.

– Où est-il passé? s'écria Léa.

– On rentre à l'abri, ordonna Maxime.

Léa ne bougea pas, dans un état second, les deux pieds plantés dans la gadoue, battue par la pluie, les cheveux sales torsadés par le vent. Elle ressemblait à un cadavre jailli de terre, plus effrayante encore que le spectre qu'elle avait joué quelques heures auparavant pour terrifier ses amis.

Camille la tira par la main et l'entraîna avec elle. Julien sortit à leur rencontre avec des serviettes.

– Inutile, frère, dit Mehdi, on est trop crades. Faut qu'on passe directement à la douche.

– Et Quentin ? demanda-t-il.

– Envolé, répondit Maxime.

– On file se laver, décida Mehdi. Tous les quatre. Où est Marie ?

– Dans le bureau, elle étudie l'enregistrement pour essayer de déceler un indice. Elle se croit dans *Les Experts*.

– Reste avec elle. Il ne faut pas que l'un de nous soit seul.

Julien regagna le bureau pendant que les autres se partageaient les deux salles de bains. Les filles occupèrent celle de la chambre des parents de Quentin. Les garçons se rendirent dans l'autre.

– Putain, ma chemise Levis est foutue, se plaignit Mehdi. Je venais de l'acheter. Qu'est-ce qu'on va se mettre ?

– J'en sais rien, mais je peux pas rester comme ça, dit Maxime en se déshabillant. Prems à la douche !

Dans l'autre cabinet de toilette, Léa se rinçait sous l'eau chaude qui emportait la boue mêlée à la mousse du shampoing et du gel douche parfumé à la mandarine. Camille attendait son tour en se débarbouillant au lavabo.

– Mon maquillage est foutu, se plaignit-elle.

Julien entra en trombe et la fit sursauter.
— Tu fais quoi, là ? gueula Camille.
Elle était complètement nue devant lui et n'appréciait pas son irruption cavalière.
— Marie a disparu !

28.

Après avoir pillé la garde-robe de Quentin, composée principalement de sweats vintage, de jeans troués et de tee-shirts *The Big Lebowski*, Camille, Léa, Mehdi et Maxime rejoignirent Julien dans le bureau. Une nouvelle fois, ils essayèrent de comprendre ce qui était arrivé à Marie grâce au système de surveillance.

Ils revinrent en arrière... firent défiler les images sur le moniteur... multiplièrent les angles de vue. Ils tombèrent enfin sur Marie quittant le bureau. Son attention avait été attirée par quelque chose au rez-de-chaussée. Ils la regardèrent descendre les escaliers, se diriger vers la cuisine en prononçant quelque chose, s'arrêter net, se retourner soudain vers la buanderie qui n'était pas couverte par le champ des caméras. Ce qu'elle voyait la terrorisait. Elle sortit du cadre, sans réapparaître nulle part.

– Il n'y a pas de caméra dans la buanderie, confirma Léa.

– C'est là que Marie s'est volatilisée, conclut Julien.
– On va y jeter un œil ? suggéra Mehdi.
– Si tu veux, mais ensemble.
– On ne trouvera pas plus Marie dans la buanderie qu'on a trouvé Quentin dans le trou de la piscine, affirma Camille.
– On y va quand même, ordonna Mehdi.

Ils le suivirent dans l'escalier, traversèrent la cuisine et constatèrent que la porte de la buanderie était entrouverte. Il n'y avait aucune trace de lutte à l'intérieur, ni aucune issue.

– On est en train de se faire avoir comme des cons, maugréa Mehdi.
– Il faut réagir, décida Camille. On ne peut plus se permettre de subir les évènements.
– Elle a raison, approuva Maxime. À ce rythme-là, il n'y aura plus personne demain matin dans cette maison.
– Je vois ça en deux temps, dit Mehdi.
– On t'écoute.
– Primo, on cherche à savoir qui est derrière tout ça.
– Et deuzio ?
– On lui explose la gueule.

Cernés par les conserves, les lessives, un congélateur, une machine à laver et un sèche-linge, ils essayèrent d'élaborer un plan, basé plus sur l'attaque que sur la défense. La « chose » qui était après eux était à l'intérieur de la maison. Il fallait la traquer.

– J'ai quelque chose, dit Léa.
– Quoi ?
– Suivez-moi.

Elle les guida vers le garage qui communiquait avec la cuisine.

Elle fouilla dans la caisse à outils.

– Tu cherches quoi ? demanda Maxime.

– Ça, dit-elle en brandissant une clef en laiton.

Elle se dirigea vers un placard métallique qu'elle déverrouilla. À l'intérieur se trouvaient des articles de pêche et du matériel de camping. Elle se hissa sur la pointe des pieds et leva les bras pour saisir un long emballage en carton. Elle tâtonna un peu et dénicha aussi une petite boîte.

– Quentin m'a dit que son père gardait un fusil dans cette armoire. Il suffit de le monter. Et ça, ce sont les cartouches.

Mehdi écarquilla les yeux.

– Pour exploser la gueule de l'ennemi, c'est pas mal, non ? s'exclama Léa.

– Pourquoi t'as pas dit plus tôt qu'on avait un fusil semi-automatique ? se réjouit Maxime.

– Parce qu'avant je n'étais pas totalement sûre de prendre ces disparitions au sérieux.

– Avant quoi ?

– Avant ça.

Elle plongea la main dans sa poche sous le regard impatient de ses quatre camarades et l'ouvrit sur une chaîne en or avec un pendentif représentant un arbre de vie.

29.

Le petit bijou brillait dans la paume de Léa.

– Je l'ai trouvé dans le trou de la piscine tout à l'heure. C'est une chaîne en or qui appartenait à la grand-mère de Quentin. Elle la lui a donnée avant de mourir. Quentin adorait sa grand-mère, pour rien au monde il n'aurait sacrifié ce bijou, surtout pas pour faire une farce. Il s'est vraiment débattu. Ce n'était pas du cinéma.

– Comment ça se monte ce truc? demanda Julien en ouvrant l'emballage du Remington.

– Laisse, c'est facile, affirma Maxime.

Il dévissa le bouchon du magasin et ôta le garde-main. Il tira le levier de manœuvre pour ouvrir la culasse. Il saisit le canon et l'enclencha fermement dans la culasse. Il replaça le garde-main sur le tube du magasin, revissa le bouchon et mit la sécurité.

– T'es chasseur ou quoi? s'étonna Camille.

– Je vais parfois au ball-trap avec mon père. Cartouches?

Léa lui tendit la boîte de Magnum de 76 mm. Maxime l'ouvrit, en sortit une et la pressa contre la plaque du transporteur pour la faire glisser à l'intérieur du magasin. Il en enfourna quatre.

— Voilà, il suffit de mettre la sûreté en position de tir et d'appuyer sur la détente. La culasse automatique continuera à armer et à recharger le fusil jusqu'à ce que le magasin soit vide.

— Moi je prends ça, annonça Mehdi en brandissant une barre de fer recourbée à son extrémité.

— C'est quoi ? demanda Camille.

— Un pied-de-biche. Ça sert à enlever les clous.
Camille fronça les sourcils.

— Mais ce n'est pas pour cette fonction que je l'ai pris, précisa-t-il face à son air interdit.

— Quand je pense que je pourrais être tranquille chez moi avec mes parents en train de regarder le téléfilm sur France 3, se plaignit Julien.

— Pour toi, lui suggéra Mehdi en lui tendant une hachette.

— Qu'est-ce que tu veux que j'en foute ?

— À ton avis ? À part couper du bois ?

— On sait bien que ton truc c'est le dessin et les comédies musicales, dit Maxime à Julien, mais là, ça nous sert à rien. Alors tu fais un effort et tu te munis d'une hache au cas où on aurait à se défendre.

— Moi je choisis ce manche de pioche, dit Léa en le maniant comme une batte de base-ball à la manière de Harley Quinn.

— Il me reste le râteau ou la perceuse, se désola Camille.

– Je te conseille le marteau, dit Mehdi. Ça peut faire très mal.

– C'est quoi le plan ? demanda Julien, pétri de doutes.

– Tenir jusqu'à l'arrivée des parents.

– Ma mère doit venir me chercher demain à 11 heures, l'informa Camille. On a un repas de famille. Elle sera ponctuelle.

– OK, il est donc probable que ce soit elle qui se pointe la première.

Maxime regarda sa montre. Il était bientôt minuit.

– On doit tenir onze heures.

Après s'être entendus sur la stratégie, ils entrechoquèrent leurs poings en signe de ralliement. Mehdi tourna la poignée de la porte et pivota vers ses camarades, un air de panique sur le visage.

– Elle est bloquée.

– Quoi ? s'exclama Léa.

– Quelqu'un a fermé à clef de l'intérieur !

30.

– On va vérifier tout de suite si ce fusil fonctionne, annonça Maxime. Reculez, frères, ça va faire du bruit.

Il visa la porte en bois au niveau de la serrure et tira trois coups.

Un trou énorme remplaça la poignée et la serrure.

Maxime balança un coup de pied dans le battant qui valdingua contre la cloison de la buanderie qui jouxtait le garage.

– Tu te crois dans un film américain ou quoi? s'exclama Mehdi.

Maxime s'avança, balaya l'espace devant lui avec le canon de son fusil, leur annonça que la voie était libre et emmagasina trois cartouches.

– Au moins, maintenant, l'ennemi sait qu'on est armés, souligna Julien la hachette à la main.

Ils progressèrent en file indienne le long du couloir et se regroupèrent au milieu du salon, dos à dos face à un adversaire invisible.

– Il y a une odeur bizarre, dit Camille.

– J'avais remarqué moi aussi, confirma Julien. Ça pue carrément.

– C'est Maxime qui a pété, affirma Mehdi.

– Désolé, mais quand je pète, ça s'entend.

– N'empêche ça sent la merde, insista Julien.

– Mettons que c'est l'ennemi qui a largué une caisse, trancha Maxime.

– Je ne sais pas qui on affronte, avoua Mehdi, mais il faut le repousser hors de cette maison.

– Cela nécessiterait qu'on soit plus nombreux, jugea Julien.

– Ou qu'on soit dans une plus petite maison, ajouta Camille.

Elle fixait une pierre sur le canapé qui n'avait rien à faire là. Mehdi réitéra son plan :

– On reste groupés, on sécurise les pièces les unes après les autres et on se barricade.

– C'est toi le chef ? lança Maxime qui se sentait fort avec son fusil.

– J'émets juste un plan. Mais si tu as mieux, vas-y.

Un silence valida le plan de Mehdi.

– Où est Jack ? demanda soudain Julien.

– Qui est Jack ? s'étonna Camille.

– Mon rat.

– Tu l'as appelé Jack ?

– Ouais.

– Pourquoi ?

– Je trouve qu'il a un air à Jack Lang.

– Quoi, le ministre de la fête de la musique ?

– On s'en bat les couilles de Jack! gueula Mehdi. Faut agir maintenant. J'ai vu des planches dans le garage. On va s'en servir pour bloquer certaines issues.

Ils commencèrent par la salle à manger, basculèrent la table en chêne et la flanquèrent contre l'une des deux fenêtres, poussèrent le vaisselier contre l'autre, puis clouèrent une planche contre la porte d'entrée déjà verrouillée, contrôlèrent les toilettes, inspectèrent soigneusement le salon avant de baisser les volets électriques, examinèrent la cuisine, vérifièrent l'intérieur des placards. Mehdi jeta même un œil dans les meubles en hauteur.

– Tu vas checker les tiroirs aussi? lui lança Maxime.

– On ne sait pas à quoi on a affaire. Alors tu cherches même dans ton cul.

– Je plaisantais. Pas la peine d'être grossier.

– La grossièreté, c'est de plaisanter quand des vies sont en jeu.

– Ouais mais l'humour ça aide à vaincre la peur.

– Tu ne prends jamais rien au sérieux de toute façon. Tu te crois dans un escape game, j'suis sûr. Regarde-toi avec ton fusil! Tu vas finir par nous tirer dessus.

– Détends-toi Mehdi, intervint Camille. Si tu veux diriger les opérations, tu nous parles autrement. Et si tu ne t'en sens pas capable, tu passes la main. On doit rester soudés, et les invectives ça n'y contribue pas.

– C'est bon, ça va, bougonna Mehdi.

– Non, ça ne va pas justement.

Léa cria.

Maxime pointa son fusil dans sa direction, prêt à shooter le monstre qu'elle venait de surprendre à l'intérieur du buffet. Léa referma violemment. À l'intérieur ça bougeait dans tous les sens.

– Je tire ? demanda Maxime.

Il visa la porte. Léa saisit la poignée.

– À trois tu ouvres et je balance la sauce.

– Attends ! avertit Julien.

Il s'approcha, colla son oreille contre le buffet, prit la place de Léa et ouvrit le meuble.

– Qu'est-ce que tu fous ? gueula Maxime. Écarte-toi, que je fume cet enfoiré !

Julien enfonça son bras sous les regards ahuris de ses camarades qui ne lui connaissaient pas un tel courage. Léa comprit ce qui se passait avant qu'il ne ramène sa main avec son rat.

– C'était mon Jack !

Soulagement général.

– Range ta bestiole, frangin, conseilla Mehdi.

Julien déposa Jack dans sa cage avec une poignée de céréales.

– Cuisine sécurisée, annonça Mehdi.

Ils passèrent au garage. Après s'être assurés qu'ils n'avaient plus besoin de rien, ils en condamnèrent l'accès avec des planches qu'ils clouèrent sur la porte amputée de sa poignée. Pendant ce temps, Maxime faisait le guet au pied de l'escalier en se demandant d'où pouvait provenir l'odeur pestilentielle.

Camille le rejoignit au bout de dix minutes.

– Ça va ? s'inquiéta Maxime.

– Tant qu'on fait quelque chose, ça permet de ne pas penser à l'absurdité de la situation.

– Merci d'avoir pris ma défense tout à l'heure face à Mehdi.

– De rien. Je déteste les gens qui sont soupe au lait. Allez, on passe à l'étage.

– Camille ?

– Quoi ?

– Je te kiffe vraiment.

– C'est bizarrement exprimé, mais je sais.

Mehdi, Julien et Léa se pointèrent à leur tour, les bras chargés de planches.

– On aura besoin de bloquer la porte du bureau qu'on a défoncée, expliqua Mehdi.

– On a oublié de vérifier la cave, signala Maxime.

– Merde !

Camille alla ouvrir la porte et alluma la lumière.

– Laisse-moi passer devant, lui conseilla Maxime. J'ai le fusil et je ne veux personne dans ma ligne de mire.

– Je te suis, approuva Mehdi.

Maxime s'avança en braquant le fusil dans l'escalier qui s'enfonçait dans la cave cernée d'obscurité. La première marche craqua sous son poids. Puis la deuxième. Mehdi serra un peu plus fort son pied-de-biche et se glissa dans son ombre. Une détonation lui perça le tympan, suivie par des cris, le bruit d'une douille qui tombe sur le béton et une odeur de poudre.

– Ça va ? lança Camille dans leur dos.

– Ouais, répondit vaguement Maxime.

– Putain, mais t'as vu quoi ? s'écria Mehdi.

– J'sais pas. Il m'a semblé voir quelque chose bouger du côté des bouteilles de vin.

Le plomb avait explosé quelques millésimes qui s'étaient répandus sur la dalle.

– T'es sûr ?

– J'ai dit « il m'a semblé ».

– Essaye quand même de voir sur quoi tu tires, bordel !

Ils descendirent jusqu'en bas et inspectèrent la cave. Il n'y avait rien de suspect. L'endroit frais était principalement consacré aux vins et aux champagnes classés sur des range-bouteilles.

– On se casse, dit Mehdi.

Ils remontèrent et clouèrent des planches en travers de la porte, par sécurité.

Puis ils gagnèrent l'étage. Léa prit au passage les deux ouvrages traitant des manifestations paranormales au col de Vence.

– On est sûrs maintenant qu'il n'y a personne au rez-de-chaussée et qu'on ne peut plus entrer dans la maison, résuma Mehdi.

– On aurait peut-être dû commencer par l'étage, estima Julien.

– Non. S'il y a un intrus dans la maison, on va le repousser vers les combles, et là il ne pourra pas nous échapper.

– À condition que l'intrus soit une personne, précisa Léa.

– Qu'est-ce que tu veux que ce soit d'autre ?

– D'après ce qu'on sait pour l'instant, il s'agit de quelque chose qui est effrayant, méthodique, rapide, imperceptible par les caméras de surveillance et qui a réussi à faire disparaître quatre personnes en laissant derrière lui des cailloux ou des pierres.

– Tu penses à quoi, au Petit Poucet ? fit Maxime.

– Je pense surtout que ça limite la liste des suspects.

– Je suis sûre que tu as ton idée, dit Camille en désignant les deux livres que tenait Léa.

– On sait que cet endroit est réputé pour des phénomènes étranges, des objets triangulaires lumineux dans le ciel, des créatures invisibles, des appareils et des véhicules qui tombent en panne, des terrasses qui s'envolent, des sphères blanches qui apparaissent sur les photos, des bruits de moteur dans le ciel, des chutes de pierres...

– Ouais, ben tu peux ajouter les enlèvements de personnes maintenant, dit Julien.

– On fait un débat ou on continue à sécuriser le périmètre ? s'impatienta Mehdi.

– T'es allé chercher ça où « sécuriser le périmètre » ? lui lança Julien.

– Dans un film.

– Il faut bloquer l'escalier, conseilla Maxime.

Ils construisirent une barrière en clouant des planches entre les deux gros piliers de la rambarde encadrant la plus haute marche. Puis ils passèrent toutes les chambres et leurs salles de bains au peigne fin, sans se séparer, examinant chaque recoin, sous les lits, derrière les rideaux, dans les armoires.

Une mauvaise surprise les attendait dans le bureau. Une pierre avait percuté le moniteur connecté aux caméras de surveillance. L'écran était endommagé.

– Je veux partir, dit Camille en constatant les dégâts.

Elle était en train de craquer. Maxime posa son fusil et la serra dans ses bras en plongeant son nez dans ses cheveux encore mouillés. Son excitation à base de stress, de désir et de parfum à la mandarine était à son comble.

– Ça ne sert à rien de fuir, dit Mehdi. On n'a nulle part où aller.

31.

Il ne restait plus que le grenier à inspecter.
– J'ai besoin de pisser, annonça Camille.
– Moi aussi, dit Léa.
– Vous avez toujours besoin de pisser ensemble, vous les filles, souligna Maxime.
– Tu peux venir? demanda Camille.
Il écarquilla les yeux au-dessus d'un sourire libidineux.
– Calme ta joie! s'exclama Léa, c'est juste pour assurer notre protection.
– En attendant, avec Julien, on va essayer de réparer l'ordi, décida Mehdi.
Camille et Léa filèrent dans la suite qui possédait sa salle de bains. Il fallait traverser la mezzanine et rejoindre un couloir qui distribuait deux chambres. Maxime les escorta jusqu'au cabinet de toilette et se planta devant la porte avec son fusil. Les filles tirèrent le verrou.
– Pas la peine de vous enfermer, leur lança-t-il.

– Deux précautions valent mieux qu'une, lui répondit Camille de l'autre côté de la porte.

– Il faudra d'abord me passer sur le corps pour vous enlever, déclara-t-il en serrant le fusil et en écartant les jambes à la manière d'un GI.

Léa laissa Camille s'asseoir la première sur la cuvette.

– J'en pouvais plus de me retenir, confia-t-elle en se soulageant.

– Dépêche-toi sinon je sens que je vais pisser dans la baignoire.

De l'autre côté de la porte, Maxime avait l'esprit occupé par Camille qui s'était serrée contre lui à deux reprises au cours de la soirée, mais aussi par les nombreuses questions que soulevait la situation surréaliste. Quels étaient les sentiments de Camille à son égard ? Qu'était-il arrivé à leurs camarades ? Allaient-ils finir comme eux ? Cette maison dans laquelle ils s'étaient barricadés était-elle hantée ?

Une nouvelle interrogation occulta soudain toutes les autres : quel était ce bruit dans le couloir ?

Teketeketeketeketeketeketeketeke !

– C'est vous les gars ? demanda-t-il sans vraiment y croire. Mehdi ? Julien ?

Il arma son fusil, traversa la chambre jusqu'à la porte donnant sur le couloir et passa la tête.

Rien à gauche.

Il entendit dans son dos la chasse d'eau que Camille venait de tirer.

Puis il regarda à droite.

Teketeketeketeketeketeketeketeketeketeke !

32.

Camille sortit la première de la salle de bains.
– Maxime?
– Il est parti? s'étonna Léa.
– Maxime!
– Efficace le garde du corps.

Elles quittèrent la chambre de maître. Maxime n'était pas non plus dans le couloir. Elles regagnèrent le bureau sans tarder. Julien et Mehdi essayaient de connecter l'iMac avec le système de vidéosurveillance.

– Ça ne fonctionne pas, regretta Julien.
– On va devoir se contenter de nos yeux et du direct, déplora Mehdi.
– Où est Maxime? demanda Léa.
– Il n'est pas avec vous?
– Quand on est sorties des toilettes, il n'était plus là.
– C'est pas vrai!

Ils se précipitèrent sur la mezzanine. Le barrage en haut des escaliers était intact. Mehdi courut en direction du couloir. Les autres lui emboîtèrent le pas, fouillant toutes les pièces, appelant leur ami à tour de rôle.

– J'ai peur, dit Léa.

– OK, faut garder la tête froide, préconisa Mehdi. Essayons de raisonner.

– Quatre-vingts kilos de Maxime et un gros fusil ne peuvent pas disparaître comme ça, affirma Camille.

– Tu as raison, dit Julien. Maxime doit être encore dans la maison.

– Où, putain ?! cria Camille affectée par la disparition de son ami.

– Il reste un endroit qu'on n'a pas encore fouillé.

– Le grenier ! s'exclama Léa.

Ils longèrent le couloir en direction de la porte qui menait aux combles de l'ancienne bergerie. Mehdi s'arrêta brusquement. Les autres se collèrent dans son dos.

– Qu'est-ce qu'il y a ? demanda Camille.

– La porte est ouverte.

– Fonce !

– Chut !

– C'est le moment, insista-t-elle.

– Avec quoi ? Avec ça ?

Il lui colla le pied-de-biche sous le nez.

– Moi j'y vais, décida Camille en serrant son marteau avec rage.

– Moi aussi, dit Léa en brandissant son manche de pioche.

Mehdi les arrêta en tendant son bras musclé.

– Bougez pas d'ici et ne faites pas de bruit.

– T'as la trouille ou quoi ? lança Julien.

– Tu vas pas t'y mettre toi aussi, la tarlouze!
– Comment tu m'as appelé?
– Chut!

Quelque chose dégringola les marches de l'escalier du grenier. Mehdi recula par réflexe en marchant sur les pieds de ses camarades. Une pierre percuta la porte et roula dans le couloir. Puis une deuxième, une troisième, une quatrième… provoquant un vacarme dans la maison. On aurait presque dit un éboulement.

– Planquez-vous! ordonna-t-il.

Mehdi battit en retraite en entraînant ses camarades à l'abri, à l'autre bout du couloir.

La chute de pierres cessa. Le silence s'installa. Camille se leva sans se soucier de Mehdi et marcha en direction de la porte du grenier restée entrebâillée. Elle était prête à en découdre. Léa lui emboîta le pas. L'hésitation était propice à la réflexion mais l'action avait l'avantage de refouler la peur.

– Tu pourrais nous attendre, chuchota Léa.
– Là, je suis remontée à bloc.
– T'as raison, il faut en finir, sinon je fais une crise cardiaque avant l'aube.

Camille écarta le battant avec son marteau et jeta un œil dans l'escalier.

Les deux filles grimpèrent les marches côte à côte, rejointes par les deux garçons.

– Putain, mais d'où elles viennent toutes ces pierres? grogna Mehdi dans leur dos.
– On va bientôt le savoir, répondit Camille.

Sa tête et celle de Léa émergèrent dans le grenier.

– Fais gaffe aux chauves-souris, l'avertit Julien.

– On n'y voit rien, lui signala Camille.
– Tu veux mon téléphone ?
– Ouais, passe, j'ai oublié le mien dans le bureau.

Elle tendit le bras dans sa direction et empoigna l'appareil réglé sur la lampe torche. Elle le positionna au niveau de ses yeux situés à quelques centimètres du sol et le braqua devant elle. Elle traça un rayon lumineux encombré de poussières, de toiles d'araignées et d'insectes bizarres. Il s'étirait jusqu'au mur en se délitant un peu, ce qui rendait flou le fond du grenier. Mais Camille, pas plus que Léa, n'osait s'aventurer plus loin. La présence de chauve-souris et surtout la mystérieuse chute de pierres les en dissuadaient. Camille sentait le souffle de Léa dans sa nuque. Le faisceau buta sur des cartons entreposés çà et là.

– Faudrait carrément fouiller ces paquets, suggéra Léa.
– Je fais d'abord un tour avec la lampe.
– Vous voyez quelque chose ? demanda Julien.
– R.A.S. pour l'instant, répondit Camille. Vous êtes tous là ?
– Mehdi garde l'entrée. Il fait la gueule. Je crois qu'il n'a pas apprécié ton insubordination.
– Il se prend un peu trop pour le chef.
– Faut quand même reconnaître qu'il a de bonnes idées.
– En attendant, avec ses bonnes idées, on a peut-être laissé filer le lanceur de pierres.

Camille aperçut quelque chose sur le sol qui croisait la trajectoire lumineuse de sa torche.

– C'est quoi ça ?

– Une paire de lunettes... on dirait... Ce sont celles de Marie !

Camille tendit son bras. Son geste permit d'éclairer le mur du fond, au-delà des lunettes.

Une petite fille était en train de la regarder.

33.

Camille hurla et lâcha le smartphone. Léa cria à son tour et frappa du pied la tête de Julien qui perdit l'équilibre dans l'escalier. La peur de Camille avait déclenché une réaction en chaîne. Se retrouvant subitement dans le noir, elle chercha à descendre, écrasa Julien qui était en train de se relever, chancela et encaissa un coup de coude de Léa qui ne comprenait pas ce qui se passait sauf qu'il y avait quelque chose d'effrayant dans le grenier. La confusion les fit débouler en vrac comme les pierres jusqu'en bas des marches.

– Putain, qu'est-ce qui vous a pris ? s'excita Julien en se frottant l'œil.

Camille referma la porte et colla son dos contre le battant.

– C'est elle, se justifia Léa. Elle a paniqué !
– Qu'est-ce que t'as vu ? demanda Julien à Camille.

Elle essayait de récupérer une respiration normale. Sa poitrine se soulevait au rythme des battements de son cœur soumis à rude épreuve.

– On a vu les lunettes de Rima, dit Léa.

– C'est ça qui vous a paniquées ?

Camille fit signe que non et leva la main pour l'informer qu'elle était sur le point de récupérer son souffle et sa voix.

– J'ai vu...

– T'as vu quoi ?

– Vous n'allez pas me croire...

– Au point où on en est, tu peux y aller, je suis prêt à croire aux extraterrestres.

– Une petite fille.

– Quoi ?

– Il y a une petite fille dans le grenier. Je l'ai vue, elle se tenait là, immobile, elle me regardait. Elle avait...

– Elle avait quoi ?

– Une sorte de masque de chirurgien sur le bas du visage.

– D'où elle sortirait, cette gamine ?

– J'en sais rien, moi.

– T'es sûre que t'as pas halluciné ? Genre *Shining*, quoi ! Bourrés comme on est, il y a des trucs qui nous échappent.

– Je vous l'avais dit.

– De quoi ?

– Que vous n'alliez pas me croire.

– Et toi Léa, t'as rien vu ? l'interrogea Julien.

– Je venais de reconnaître les lunettes de Rima quand Camille a crié et fait tomber le téléphone.

– Putain, en plus t'as dû péter mon iPhone ! s'irrita Julien. Il est où ?

– Dans l'escalier, répondit Camille. Mais pas question d'ouvrir la porte maintenant.

– Faut que je sache s'il est niqué ou pas.

– Quoi, tout de suite, là ? T'as besoin de faire un selfie ?

– Ne me parle pas comme ça, d'accord ?

– Où est passé Mehdi ? demanda soudain Léa.

Ils regardèrent autour d'eux.

Ils n'étaient plus que trois.

34.

Ils cherchèrent Mehdi à l'étage en arpentant le couloir et en l'appelant.

– Il a peut-être décidé de la jouer solo, les rassura Julien.

– C'est ça, comme les autres, ironisa Léa.

– Si c'était le cas, il n'aurait pas laissé le pied-de-cerf derrière lui, affirma Camille.

– Laissé quoi ?

Elle brandissait l'arme de Mehdi qu'elle venait de ramasser par terre.

– C'est un pied-de-biche, rectifia Léa.

– On s'en fout putain de comment ça s'appelle !

– Tu l'as trouvé où ?

– Dans le bureau.

– Ça veut dire que Mehdi a disparu dans le bureau.

– Disparu comment ? Il n'y a que deux fenêtres fermées de l'intérieur.

Léa revint sur la mezzanine et se pencha au-dessus du barrage de planches qui obstruait l'accès à l'escalier.

– Il est peut-être passé par-dessus, envisagea Léa.

– Pourquoi aurait-il filé à l'anglaise ? demanda Julien.

Le regard de Léa alterna entre le pied-de-biche dans la main de Camille et la barrière en bois devant elle.

– Pour la même raison que celle qui nous a fait dégringoler du grenier. La peur.

– La peur de quoi ? D'une autre fillette ? Alors là pour le coup on est vraiment en plein *Shining*. Traqués par les jumelles Grady, putain ! La fillette qu'a vue Camille dans le grenier, elle ne portait pas par hasard une robe bleue avec un nœud rose layette, des petits souliers vernis noirs et des chaussettes blanches ?

– Attends, tu me fais flipper, là ! le coupa Léa.

Elle frissonna, se frotta les épaules et regagna le bureau où Camille venait de se réfugier pour récupérer son téléphone et se remettre de ses émotions. Elle prit les deux bouquins consacrés aux mystérieuses manifestations du col de Vence et s'installa à côté de son amie sur le divan.

– Qu'est-ce que tu fous ? demanda Camille.

– J'essaye de comprendre.

– Tu crois que la réponse est là-dedans ?

– Des chutes de pierres à l'intérieur d'une maison et des apparitions étranges, a priori, c'est dans ce genre de bouquins qu'on en parle.

– OK, mais d'abord il faut se poser dans un endroit plus sûr que ce bureau. La porte est pétée.

– T'as raison, on va se barricader dans une pièce qui ferme à clef.

– Je propose la chambre de maître. On peut s'allonger et il y a une salle de bains.

– Bonne idée.

– Je prends le pied-machin en plus du marteau.

Elles briefèrent Julien et ils s'installèrent tous les trois dans la chambre après avoir verrouillé et poussé la commode contre la porte. Camille essaya une nouvelle fois de trouver du réseau en pointant son téléphone dans toutes les directions, pesta, se fourra des écouteurs dans les oreilles, sélectionna de la musique et s'allongea sur le lit, se laissant bercer par les voix de Pharrell Williams et Katy Perry sur le rythme enjoué de Calvin Harris.

Well nothing ever last forever, no
One minute you're here and the next you're gone

Léa s'assit dans le fauteuil avec les deux livres ouverts sur les genoux et s'efforça de faire correspondre leur contenu avec la réalité à laquelle ils étaient confrontés. Julien l'observait.

– Je devine pourquoi Miss Mishima craque pour toi, dit-il.

– Qui?

– Manon. Ton côté intello, le nez dans les bouquins, fan de Shakespeare...

– Tu te trompes. Et puis comment pourrait-elle connaître mes goûts?

– Elle avait l'air de bien cerner ta sensibilité.

– Ouais, avoua Léa en se concentrant à nouveau sur sa lecture.

Julien reporta son regard sur sa montre. Il était une heure du matin passée.

– Il nous reste dix heures à tenir avant l'arrivée de la mère de Camille, dit-il.

35.

— Écoutez ça! s'exclama Léa.

Elle était en train de consulter *Les Mystères du col de Vence* qui avait été annoté par le grand-père de Quentin. Julien s'était allongé à côté de Camille qui dormait contre lui. Si rien de sexuel ne risquait de se passer entre ces deux-là, il n'en existait pas moins une profonde amitié comparable à celle d'une fratrie, en partie due à leur goût commun pour tout ce qui est beau, raffiné et féminin dans l'art. Il releva la tête pour signifier à Léa qu'il y avait au moins deux oreilles qui l'écoutaient.

— Pendant qu'il dîne au restaurant avec ses amis du col de Vence, rapporta Léa, un homme laisse ses deux chiens dans sa voiture. À la fin du repas, il constate qu'ils ont disparu! Pourtant les portières sont toujours verrouillées, et les vitres légèrement baissées ne leur permettaient pas de s'échapper. Le véhicule ne porte aucune marque suspecte. L'homme est d'autant plus troublé qu'il connaît bien ses deux clébards. Avec ses amis il organise une battue qui ne donne rien. La description des chiens est diffusée. Et tu sais quoi ?

– Ils étaient bourrés, répondit Julien.

– N'importe quoi. Les deux chiens seront retrouvés à une quinzaine de kilomètres du restaurant. Ils sont restés ensemble mais impossible de les approcher à part leur proprio. Les deux bêtes sont saines et sauves mais grave désorientées.

– Il y a eu d'autres disparitions de ce genre ?

– Ils disent que si les disparitions mystérieuses d'objets divers sont courantes au col de Vence, celle concernant des animaux était une première.

– C'était quand ?

– En 1994. A priori, il n'y en a pas eu d'autre depuis.

– Ils ont été téléportés.

– Tu rigoles mais c'est ce qu'ils ont l'air de sous-entendre. Pour les deux chiens, ils expliquent que tout s'est passé comme s'ils avaient été dématérialisés pour être rematérialisés dans un autre lieu.

– Non, sérieux ?

– Attends.

Léa tourna une page et prolongea son explication.

– Ce processus a déjà été observé avec les OVNI qui alternent phases de visibilité et phases d'invisibilité. En fait, il y aurait différents niveaux de matérialité. La dématérialisation des corps des deux chiens correspondrait à un niveau de densité inférieur à Mat 6.

– Mat 6 ? Ça veut dire quoi ?

– J'en sais rien... Mais les études sur les OVNI ont établi qu'il n'y a pas d'interaction entre les différentes dimensions, du moins entre notre monde matériel dense et celui dans lequel les chiens ont été transportés. Pendant leur dématérialisation, ils sont passés dans un autre espace-temps où la voiture dans laquelle ils étaient enfermés n'existait plus.

– Dans quel but on aurait fait ça ?
– Il faudrait d'abord définir le « on ».
– Des extraterrestres ?
– C'est ce qu'ont l'air de déduire certains spécialistes, ainsi que le grand-père de Quentin qui a rédigé toutes ces notes. Ce qui est arrivé aux deux chiens aurait été provoqué par des entités qui ont la maîtrise de la matière. Mieux, ailleurs dans le monde, des humains auraient été concernés par des disparitions tout aussi inexplicables.

Julien fredonna quelques notes de la musique du générique de *La Quatrième Dimension* avant de réagir :

– Je comprends que les chiens n'ont pas pu raconter ce qui s'était passé entre le moment où leur maître les a enfermés dans sa caisse et celui où on les a retrouvés à quinze bornes de là. Mais les gens qui ont vécu la même chose, ils ont dit quoi ?

– La plupart ont témoigné avoir rencontré des êtres d'apparence non-humaine.

Julien se leva et scruta le ciel à travers la fenêtre. Il s'attendait à voir jaillir un triangle lumineux, à surprendre un débarquement d'aliens, à croire n'importe quoi en cette nuit de tous les possibles. Puis il s'écria :

– Jack !

36.

– T'as craqué ou quoi ? s'exclama Léa. Tu ne vas quand même pas aller chercher ton rat maintenant.

– Ce n'est pas un rat, c'est Jack.

– Il ne risque rien dans sa cage.

– Ouais, et qui te dit qu'il ne va pas disparaître lui aussi ? Et se rematérialiser à quinze bornes d'ici ? Il n'y aura pas beaucoup de volontaires pour participer à une battue destinée à retrouver un rat dans la forêt.

Il essaya de pousser la commode qui obstruait le passage, sans y parvenir.

– Tu peux m'aider ?

– Non.

– Je vais réveiller Camille alors.

– Putain, tu fais chier.

Léa s'arc-bouta sur le meuble et l'aida à libérer la porte.

– Prends ça au moins, dit-elle en lui tendant le pied-de-biche.

Il s'en saisit et déverrouilla la porte.

– T'inquiète, j'en ai pour deux minutes.
– Je viens avec toi.
– Pas question de laisser Camille seule.
– T'arriveras à passer les planches ?
– Je ne suis pas sportif, c'est ça que tu insinues ?

Elle lui répondit par un sourire. Il sortit dans le couloir.

– Je garde la porte entrouverte.
– Pas trop quand même.

Julien se coula dans la pénombre du couloir et disparut à l'angle. La maison était silencieuse. Le vent était tombé, la pluie avait perdu de sa force et cessé de crépiter sur la terrasse. Julien perçut un ronronnement lointain qu'il attribua au moteur du réfrigérateur dans la cuisine. C'était là qu'il avait abandonné Jack, à l'abri dans sa cage. Il escalada le muret de planches clouées en haut de l'escalier. L'une d'elles, mal fixée, céda sous son poids et le fit basculer dans le vide. Il lâcha le pied-de-biche qui tomba sur le carrelage en produisant un vacarme du diable et se rattrapa de justesse à la rambarde en se traitant de tous les noms.

– Ça va ? cria Léa.

Le bruit de sa culbute doublée de jurons était parvenu jusqu'à elle.

– Oui, c'est bon, la rassura-t-il.

Julien se hissa, s'assit sur une marche et souleva le bas de son jean. Il grimaça à la vue de l'estafilade sur son mollet. Il prit quelques secondes pour se remettre de ses émotions et descendit dans la salle de séjour. Le pied-de-biche avait pété un carreau. Une pierre aussi avait éclaté le sol. Comme tombée du ciel. Julien se pinça le nez, incommodé par la puanteur persistante. D'où venait cette odeur fétide ?

Il se figea en entendant du bruit.

Il y avait quelqu'un dans les toilettes.

Il hésita.

Trois options s'offraient à lui. Foncer dans la cuisine pour récupérer Jack, remonter tout de suite auprès des filles ou se préoccuper du bruit dans les W.-C.

Il pensa à ses camarades qui avaient disparu et estima que s'il voulait faire quelque chose pour eux, cela nécessitait d'affronter l'ennemi. Il s'arma de courage et choisit l'option numéro trois.

Il ramassa le pied-de-biche et s'approcha des toilettes, prêt à fendre le crâne de la chose qui se cachait derrière la porte. Il colla une oreille contre le battant. Une sorte de froissement, juste derrière, le fit reculer.

Il inspira et expira profondément pour essayer de garder un rythme cardiaque normal, posa la main sur la poignée, la baissa lentement, tira doucement. Le léger grincement qu'il provoqua stoppa net le bruit. Il risqua un œil dans l'étroit entrebâillement. Il ne voyait rien. Obligé d'allumer, il passa la main et grignota des centimètres jusqu'à l'interrupteur.

Il inonda de lumière les toilettes. Rien. Il ouvrit la porte en grand. Quelque chose se faufila entre ses jambes.

– Jack ! s'écria-t-il.

Le rat fila derrière le canapé. Julien se précipita à la cuisine. La cage de Jack n'avait pas bougé. Elle était fermée.

« C'est impossible ! » se dit-il.

Sauf s'il se mettait à croire aux histoires de dimensions parallèles évoquées par Léa. Mais pourquoi aurait-on dématérialisé Jack dans sa cage pour le rematérialiser dans les toilettes ? C'était absurde !

Julien entendit à nouveau un bruit. Mais ce n'était pas Jack. Cela provenait du coin salle à manger où ils avaient organisé leur séance de Ouija. Julien saisit la cage et se dépêcha de chercher Jack qui se planquait dans le salon. Il tira le canapé sur un côté pour attraper l'animal.

– Ah te voilà, toi !

Le rat ne bougeait pas. Le nez pointé vers son maître, les moustaches frémissantes, il le fixait. Julien réalisa que Jack avait peur. Il tremblait.

– T'inquiète mon gars, la dématérialisation est juste un mauvais moment à passer, plaisanta Julien en tendant son bras vers le rongeur.

Il ne vit pas dans les petits yeux de Jack ce qui l'effrayait tant et qui se tenait juste derrière lui.

37.

Camille se retourna dans le lit et ouvrit les yeux. Elle mit un moment avant de comprendre qu'elle était dans une chambre qu'elle ne connaissait pas et qu'elle était seule. Julien s'était levé. Léa avait quitté son fauteuil.

Elle se massa le crâne pour essayer de dissiper une migraine. Elle avait trop bu. Elle se redressa avec précaution et l'envie de vomir.

– Où êtes-vous ?

Elle tourna la tête vers la porte de la salle de bains d'où provenaient des chuchotements. Elle posa un pied sur le carrelage froid. Le sol tangua comme sur un bateau en pleine tempête. Elle se rattrapa à la table de chevet et s'approcha pour tenter de capter ce que Léa et Julien murmuraient à son insu.

– ... Elle est complètement folle... dit Léa.

– Son truc de *L'Exorciste*, déjà ça m'a paru bizarre, mais quand elle s'est mise à rire comme une hystérique pendant le Ouija, là j'ai vraiment commencé à me poser des questions...

– Son histoire de petite fille dans le grenier, t'y crois, toi ?

– Tu parles, c'est comme le reste...

– À se demander si elle est grave tarée ou si...
Léa hésita.

– Ou quoi ?

– Et si ce n'était pas Camille ? envisagea-t-elle.

– Là c'est toi qui délires pour le coup.

– J'ai vu tellement de films sur des entités qui se glissaient dans le corps de leurs victimes... En plus cette région du col de Vence, il s'y passe tellement de trucs bizarres.

– Il doit y avoir une autre explication.

– Quelle qu'elle soit, elle me fait peur.

– Il faut qu'on se fasse confiance tous les deux.

– Je t'aime, Julien.

– Moi aussi, Léa.

Ce qu'elle venait d'entendre l'avait réveillée, dégrisée, enragée, estomaquée. Camille faillit ouvrir mais se retint à temps pour écouter la suite. De toute façon, ils avaient sûrement fermé à clef. Elle perçut des froissements de vêtements, des sons de succion, des gémissements et des rires étouffés. Putain ! Ils baisaient juste à côté, alors que leurs camarades avaient été enlevés. En plus Julien et Léa ! Un pédé et une gouine !

Écœurée et prise de vertiges, Camille employa ses forces à gagner le lit sans s'écrouler. Elle préféra s'asseoir sur le bord plutôt que de s'allonger, de peur de sombrer. Il ne fallait pas qu'elle dorme. Ses deux camarades se méfiaient d'elle désormais. Elle était devenue leur ennemie.

Elle devait prendre une décision. Et vite.

Se chausser d'abord pour être prête à fuir. Elle se pencha en avant afin de saisir une de ses Vans, sentit la nausée suivre le mouvement et se redressa aussitôt pour faire refluer les makrouds qui cherchaient à ressortir. Elle entendit un raclement. Cela ne venait pas de la salle de bains cette fois. Elle releva les jambes par réflexe. Quelque chose bougeait sous le lit. Un animal ? Un rat ? Jack ? Julien l'avait peut-être récupéré pendant qu'elle dormait.

Elle s'allongea à plat ventre sur la couette et descendit lentement la tête vers le plancher. La retombée de l'édredon l'empêchait de voir. Elle tendit sa main et écarta un pan, se glissa un peu plus vers le sol. Le buste à la verticale et la tête à l'envers, ce qui n'arrangea pas ses nausées, elle regarda sous le lit.

La petite fille rampa vers elle à une vitesse incroyable.

Camille sursauta en criant. La même gamine que dans le grenier ! Elle s'était déplacée comme un reptile, avec une agilité et une célérité surnaturelles. Debout sur les draps, Camille avait saisi un oreiller pour se défendre. Elle appela Julien et Léa, mais n'obtint aucune réaction de leur part. Ses yeux ne quittaient plus le sol, à l'affût d'une attaque de la fillette.

– Putain mais t'es qui, toi ? Qu'est-ce que tu veux ?

Elle crut entendre un ricanement.

– Sors de là, qu'on en finisse !

La fillette ne se montrait pas. Jouait-elle à cache-cache ?

– Léa, Julien, au secours!

Quelque chose lui saisit violemment le tibia. Camille s'était trop approchée du bord. La fillette avait fini par l'attraper sans sortir de sa cachette avec un bras démesurément long. Camille lâcha l'oreiller pour tenter de se dégager. Elle s'aperçut alors que la main qui l'agrippait n'en était pas une. Et que le membre auquel elle était rattachée n'avait rien d'humain.

Camille hurla.

38.

Elle se débattait face aux forces démoniaques qui essayaient de la maintenir sur le lit.

– Camille, putain, calme-toi!

Léa vociférait, à califourchon sur sa poitrine, ce qui n'était peut-être pas la meilleure solution pour calmer sa copine. Camille se tordit dans tous les sens, bascula sur le côté en entraînant Léa, inversa les positions. Cette dernière donna un coup de reins pour faire passer son adversaire au-dessus de sa tête, mais ne parvint qu'à la faire glisser sur sa figure. Le nez dans les fesses de Camille, elle étouffa et tenta une ultime parade. Elle tendit le bras vers les seins de sa copine et lui pinça un téton, ce qui eut pour effet d'éjecter celle-ci hors du lit avec un cri de douleur. Léa sauta à terre à son tour. Les deux filles se retrouvèrent face à face, les visages écarlates, le regard plein de haine.

– T'es une vraie malade! s'écria Camille en se massant le sein.

– Quoi ? J'étais en train de suffoquer sous ton cul !
– C'est toi qui m'es montée dessus !
– Tu délirais, putain ! se justifia Léa.
– Où est la petite fille ?
– De quoi tu parles ?

Camille souleva la retombée de l'édredon avec précaution. Il n'y avait personne sous le sommier.

– Tu fais quoi, là ? demanda Léa terrorisée.
– Où est Julien ?
– Tu le cherchais sous le lit ?

Camille se précipita vers la salle de bains qui était vide. Elle en profita pour s'agenouiller devant la cuvette des toilettes et vomir. Léa s'approcha avec prudence de sa copine et lui rassembla les cheveux sur la nuque afin d'éviter de les souiller. Elle tenta de la raisonner et de lui expliquer la situation.

Julien était descendu pendant qu'elle dormait. Il tenait à récupérer Jack. Léa n'avait pas pu l'en dissuader. Julien avait failli se vautrer dans l'escalier mais lui avait assuré que tout allait bien. C'était le dernier contact qu'elle avait eu avec lui. Il n'était pas revenu depuis. Elle l'avait appelé sans obtenir de réponse. Elle ne savait pas quoi faire. Aller le chercher ou rester dans la chambre ? Les secondes avaient filé en faveur de l'inaction justifiée par le risque de laisser Camille seule dans la chambre. De toute façon, si Julien ne répondait pas, c'est qu'il avait déjà disparu.

Léa avait donc refermé à clef la porte de la chambre et s'était plongée dans la lecture de ses livres sur le col de Vence. Camille marmonnait des injures dans son sommeil et s'agitait de plus en plus, jusqu'au moment où elle s'était mise à hurler et à se débattre contre des forces invisibles. Pendant un court instant, Léa avait éprouvé la peur aberrante de voir se dématérialiser son amie sous ses yeux. Elle s'était alors jetée sur Camille sans vraiment savoir si elle devait lutter contre un ennemi qu'elle ne voyait pas ou contre sa copine qui les imaginait dans un cauchemar. Il avait fallu batailler pour la ramener à une réalité qui avait pris la forme sordide mais presque rassurante d'une cuvette de toilettes.

– C'est la dernière fois que je bois comme ça, confia Camille entre deux hoquets.

– Je ne crois pas que tes nausées soient uniquement dues à l'alcool.

Elle se releva et alla se rincer la bouche sous le robinet.

– Je ne suis pas enceinte, t'inquiète.

– Ce n'est pas ce que je veux dire.

– C'est l'effet de quoi alors ?

– De la peur. Sans parler de la séance de Ouija qui t'a bien secouée.

– Le Ouija, ça ne compte pas.

– Comment ça ?

– Juste avant, pendant qu'on dansait, Maxime m'a proposé d'être sa complice pour crédibiliser son tour de spiritisme. Je devais bouger la goutte pour formuler les réponses à sa place et simuler une possession. Je l'ai tellement bien jouée que personne n'a émis de doute sur ma scène du fou rire, même après la divulgation de l'arnaque avec Manon. Du coup, j'ai laissé croire.

Camille s'essuya et se retourna vers Léa pour l'enlacer avant que cette dernière ne réagisse à cette nouvelle révélation.

– Serre-moi fort.

Léa la pressa contre elle.

– Excuse-moi, murmura Camille sur son épaule.

– Cette histoire de fillette, c'est bidon aussi ?

– Non, là par contre, je suis sérieuse. Je l'ai bien vue. Et ce n'était pas une hallucination ou un cauchemar comme celui que je viens de faire.

– Tu as rêvé de quoi ?

– Je n'ai pas envie d'en parler.

– Vide ta tête comme tu as vidé ton estomac.

– Vaut mieux pas.

Elle préféra garder pour elle la scène absurde entre Léa et Julien qu'elle avait imaginée dans son sommeil, ainsi que l'irruption de la petite fille au masque chirurgical qui était revenue la hanter. Elle ne voulait pas inquiéter encore plus son amie. La peur c'est trop contagieux. Il restait des heures à tenir et elle avait besoin du courage de Léa.

Car elles n'étaient plus que deux.

39.

Léa et Camille s'étaient blotties sur le lit à baldaquin l'une contre l'autre, en cuillère pour se sentir plus en sécurité. Léa enveloppait Camille et lui caressait les cheveux.

– Ça va aller ? demanda-t-elle.

Camille ne réagit pas. Léa la serra plus fort et la pria de ne pas craquer maintenant. Le souffle de ses paroles lui effleurait la nuque. Camille se décontracta peu à peu.

Léa pouffa.

– Qu'est-ce qui te fait rire ?

– J'étais en train de penser que la moitié du lycée rêverait d'être à ma place.

– Tu parles !

– Beaucoup prendraient quelques risques pour serrer dans leurs bras la plus belle fille de Matisse.

Camille songea à Maxime qui était prêt à changer pour elle. Le garçon l'avait touchée.

Le chuchotement de la pluie qui tombait dru à nouveau enveloppa les autres bruits de la nuit.

– Pourquoi tu as embrassé Manon ? demanda soudain Camille.

– Quoi ?

– Pourquoi t'as fait ça ?

– Décidément, ça vous a tous choqués.

– C'est une fille, putain !

– Personne ne m'avait parlé comme Manon l'a fait... Au début, quand elle s'est jetée sur moi pour me rouler une pelle, j'ai eu un réflexe de rejet. Comme si ma famille, mon prof de caté, Quentin, vous tous, quoi, vous étiez en train de m'observer. Et puis j'ai vu la façon dont elle me regardait et j'ai craqué.

– T'es trop sensible.

– Je sais.

– Quentin n'a pas apprécié en tout cas.

– Ça aussi, je sais. Je n'ai même pas eu le temps de m'expliquer avec lui.

– Tu l'aimes toujours ?

– Entre nous, ça ne va pas trop. Il m'énerve. Son côté gamin youtubeur, ça me soûle. Il ne veut jamais qu'on sorte que tous les deux. Faut qu'on soit toujours en groupe. Comme s'il avait peur de s'engager.

– Les mecs ont des siècles de retard sur nous à cet âge, c'est ça le problème.

– On n'aurait jamais dû se mettre ensemble et enfreindre la règle de notre bande. Toi au moins, tu...

– Chut ! s'écria Camille.

– Quoi ?

– T'as rien entendu ?

— Non.
— Sous le lit.

Léa se détacha de son amie et jeta un coup d'œil rapide. Rien.

— La petite fille, dit Camille. Je suis sûre qu'elle nous épie.
— Celle que tu as vue dans le grenier ?
— Ouais.
— Les monstres ne se cachent pas sous notre lit, mais dans notre tête.
— Tu penses que j'invente ?
— Ce n'est pas ce que je veux dire.
— J'suis folle alors ! Les autres n'ont pas disparu en fait. Ils sont en bas dans le salon en train de s'éclater. Ou bien je suis tellement bourrée que je m'imagine plein de trucs délirants. Si c'est ça, dis-le-moi carrément !

Léa se recolla à Camille et lui murmura des propos apaisants.

— Tu n'es pas folle. Juste éméchée et stressée. On est toutes les deux dans une situation qu'on ne comprend pas. Mais on est toujours là, vivantes, barricadées, prêtes à en découdre. Il ne reste plus que quelques heures avant l'arrivée de ta mère. On ne risque plus rien si on ne bouge pas et si on ne panique pas.
— Je ne sais pas comment tu fais pour tenir le coup, avoua Camille. Putain, t'es la plus trouillarde de la bande et c'est toi qui essayes de m'encourager !
— Je crois que c'est ça qui m'a sauvée justement. Comme dit Laertes à Ophélia : « Soyez prudente : la meilleure sauvegarde, c'est la crainte. »

– C'est qui ça Laertes et Ophélia ?
– Le frère et la sœur dans *Hamlet*.
– Ouais, ben moi, la peur ça détruit tous mes moyens.
– Sers-t'en pour imaginer le pire et comment tu réagirais dans ce cas-là. Tu t'apercevras souvent que le vrai danger est bien moins grand que tu l'avais supposé.
– Six de nos amis ont disparu, plus Clément et Manon ! Et tu estimes que le danger est moins grand que ce qu'on peut imaginer ? Qu'est-ce qu'il te faut ?
– Le problème est qu'on ne connaît pas la nature du vrai danger. On ne sait même pas ce qu'ils sont devenus, ni qui les a enlevés.
– Il n'y a pas pire que de ne pas savoir.
– Quand j'étais petite, mes parents me racontaient souvent des contes dont certains me terrifiaient.
– Sympas les parents.
– Ils avaient raison. Les contes m'ont appris qu'on peut surmonter la peur d'être enlevé, d'être séquestré, abandonné, dévoré, tué... Et qu'en général les choses se terminent bien.
– Ce ne sont que des contes...
– Dans lesquels tu peux facilement te projeter quand tu es enfant. Les contes t'apprennent à avoir peur mais ils t'apprennent aussi une chose essentielle : à la fin tu réussiras à cramer la sorcière anthropophage qui veut te dévorer. On n'est pas plus connes que Hansel et Gretel, non ?
– Ça dépend des contes. Si je me souviens bien, le Petit Chaperon rouge, à la fin, il se fait bouffer par le loup.

– Dans la version de Perrault, oui. Mais dans celle des frères Grimm, un chasseur ouvre le ventre du loup et libère le Petit Chaperon rouge et sa grand-mère.

– Alors on n'a plus qu'à attendre qu'un chasseur vienne nous sauver.

– Le Petit Chaperon rouge était tout seul et bien crédule. Nous, on est deux et beaucoup moins naïves.

– Moins naïves qu'en début de soirée en tout cas.

40.

Léa et Camille glissèrent dans un demi-sommeil vers lequel les poussaient l'ébriété et la fatigue, mais qui était contrarié par l'angoisse. Le nez dans la chevelure blonde et parfumée de Camille, Léa fut soudain tirée de sa torpeur par un rayon lumineux qui traversa la vitre de la chambre.

– Il y a quelqu'un dehors! s'écria-t-elle.

Camille sursauta et se redressa comme un ressort, mais sans quitter le lit. Léa avait déjà bondi à la fenêtre.

– Tu vois quoi?

– Une lumière! Elle vient de la forêt.

– Le chasseur! s'exclama Camille qui avait encore le conte du Petit Chaperon rouge à l'esprit. Vas-y, appelle-le!

Léa hésita. Et si c'étaient ceux qui avaient enlevé ses camarades? Agenouillée sur l'édredon, Camille exhortait son amie à quérir de l'aide. Léa ouvrit la fenêtre et cria au secours.

La lumière disparut.

– Merde, on est repérées maintenant, dit-elle.

– De toute façon, ils savent qu'on est dans la maison, argua Camille. Il fallait tenter.

Léa scruta la lisière à travers la nuit sans lune et le rideau de pluie sans pouvoir distinguer de mouvement suspect. Des hurlements de détresse lui glacèrent les sangs.

– C'était quoi ça ? s'affola Camille qui avait entendu elle aussi.

Léa referma la fenêtre.

– Je sais pas, répondit-elle en fixant Camille pétrifiée.

– Vas-y rouvre ! C'étaient peut-être les autres qui appelaient au secours.

– Et alors, qu'est-ce que tu veux faire ? Aller les libérer ?

– Savoir au moins si c'est eux. S'ils sont vivants.

Léa ouvrit à nouveau. L'obscurité lui renvoya des grognements, grondements, hululements, sifflements, soufflements, caquètements, gémissements, glapissements, suggérant une armée de goules, de créatures vampiriques et d'extraterrestres sur le point de lancer une attaque.

– C'est quoi tous ces cris ? paniqua Camille.

– Je crois que c'est normal.

Léa se raccrocha à une explication plausible et attribua ce vacarme aux animaux de la forêt dont certains étaient particulièrement volubiles.

– Il y avait un cri humain, souligna Camille.

– Certains animaux font des bruits bizarres.

– Qu'est-ce que t'en sais ?

– Quand je vais chez ma grand-mère, ça m'arrive de les entendre. Elle habite dans un chalet en Suisse près d'une forêt. Il paraît que le cri du renard ou du hérisson, ça ressemble vachement à un hurlement humain. On dirait carrément qu'on égorge quelqu'un. Les sangliers aussi ça fait flipper grave, t'as l'impression qu'un monstre est en train de renifler juste à côté de toi.

– Je ne savais pas que t'étais calée en langage animalier.

Ce que Camille ignorait surtout c'était que Léa était plus douée pour la rassurer que pour disserter sur la vie sauvage.

41.

Léa attendit que la sphère lumineuse se manifeste à nouveau. Mais les alentours demeurèrent désespérément noirs, trempés et cacophoniques.

– Viens, dit Camille. Tu ne vas pas rester debout à cette fenêtre jusqu'à l'aube.

Léa ferma les volets et alla se rasseoir à côté d'elle.

– Cela fait plus de deux heures qu'il ne s'est rien passé, souligna-t-elle.

– Tu crois qu'on va s'en sortir ?

– Il y a des chances. Tant qu'on ne bouge pas et qu'on ne fait pas l'erreur de se séparer.

Camille serra la main de Léa.

– Tu as raison.

– Apparemment la dématérialisation ne s'opère que lorsqu'on est isolé... Putain, je n'arrive pas à croire que je viens de dire un truc pareil ! Je vais pisser, ça va me changer les idées.

Léa fila dans la salle de bains.

Camille en avait envie elle aussi mais depuis son cauchemar, elle n'osait plus poser un pied hors du lit. Elle ne parvenait pas à chasser de son esprit la main de la petite fille qui lui saisissait la jambe.

– Laisse la porte ouverte! supplia-t-elle.
– Pas de problème.

Elle l'entendit baisser son pantalon, uriner, s'essuyer, tirer la chasse, se laver les mains... succession de sons rassurants qui attestaient la présence de son amie qu'elle craignait de voir disparaître à tout instant avec une expression de frayeur sur le visage.

– C'est bon? T'es toujours là?

Aucune réponse.

– Léa?
– Quoi?
– T'es toujours là?
– Oui, t'inquiète. Je regarde juste la tête que j'ai dans le miroir. On dirait un épouvantail.
– À mon avis si on ne nous a pas attaquées c'est parce qu'on fait trop peur.
– Ben voilà! s'exclama Léa en réapparaissant. Tu retrouves le sens de l'humour. C'est bon signe.
– J'emploie la méthode de Maxime.

Camille éprouva un pincement au cœur en prononçant le prénom de son ami.

– Tu peux regarder sous le lit? demanda-t-elle à Léa.
– Encore?
– Je voudrais aller aux toilettes mais je flippe.

Léa se pencha pour vérifier qu'il n'y avait personne. L'idée de crier en faisant semblant d'avoir vu la petite fille lui effleura l'esprit, mais elle s'abstint. Le contexte ne s'y prêtait plus et il manquait un public pour rigoler. Elle se contenta donc de promener son regard par terre pour rassurer son amie. Son attention fut attirée à l'autre extrémité du lit par une forme oblongue qu'elle ne parvenait pas à identifier.

– C'est quoi ça ?

– Arrête, tu me fais marcher, gémit Camille en se recroquevillant.

Léa se releva et contourna le lit après avoir bifurqué vers le fauteuil pour saisir son manche de pioche.

– Tu fais quoi, là ? s'angoissa Camille.

– Rien.

– Alors qu'est-ce que tu fous avec ce manche ?

– On ne sait jamais.

– T'as vu quoi, putain ?

Léa s'approcha avec précaution du côté gauche du lit. Elle sonda le dessous du sommier du bout de son bâton. N'obtenant aucune réaction, elle s'enhardit et agita le manche de pioche qui rencontra une matière molle. Elle souleva la couette d'un geste brusque.

Il s'agissait du traversin.

Celui-ci était tombé là au cours de sa lutte avec Camille. Elle le ramassa et le jeta sur l'édredon.

– Tu m'as foutu une de ces trouilles ! s'exclama Camille.

– C'est toi avec tes histoires de petite f...

Un bruit dans le couloir l'empêcha de terminer sa phrase.

– T'as entendu toi aussi ? demanda Camille.

Léa marcha sur la pointe des pieds jusqu'à la porte et tendit l'oreille. Des bruits de pas. Rapprochés et rapides. Comme si l'on courait.

Teketeketeke !

– Il y a quelqu'un dans la maison, chuchota-t-elle.

Camille fixait la porte, terrifiée.

Léa retira avec précaution la clef de la serrure et avança un œil devant le trou. La lumière était allumée. Elle se souvenait pourtant l'avoir éteinte. Elle ne distinguait pas grand-chose à part le mur opposé du couloir. Une ombre obscurcit soudain son étroit champ de vision. Léa s'écarta en faisant signe à Camille de rester silencieuse, laissa filer quelques secondes et regarda à nouveau à travers la serrure.

Un œil l'observait.

Léa cria.

Des pas dans le couloir lui indiquèrent qu'on s'éloignait en courant.

Teketeketeketeketeketeketeke !

Elles étaient définitivement repérées.

42.

Trois heures du matin. Depuis les pas dans le couloir et le coup d'œil glaçant dans la serrure, elles n'avaient plus rien vu ni entendu. Ne pouvant plus se retenir, Camille s'était ruée aux toilettes, escortée par Léa. Elles avaient ensuite poussé la commode devant la porte et regagné le lit à baldaquin pour s'embusquer derrière un mur d'oreillers, armées du marteau et du manche de pioche.

– Je suis sûre qu'ils sont en train de préparer quelque chose, soupçonna Léa.

– T'imagines le pire, c'est ça, hein ? Comme tu disais ?

– Le pire, ce serait qu'ils traversent les murs ou qu'ils défoncent la porte. Mais en réalité, les disparitions se sont produites successivement, à chaque fois que l'un de nous se trouvait seul. J'ignore pourquoi mais c'est comme ça qu'ils procèdent depuis le début. Un par un.

– Où tu veux en venir ?

– Ils ne peuvent pas nous enlever toutes les deux en même temps. Ils vont donc tout faire pour nous séparer.

Léa réfléchissait à voix haute car le silence était trop pesant. En plus, cela l'aidait à décrisper Camille.

– Conclusion, on ne bouge pas d'ici. Si on met les pieds dehors, on risquera d'être éloignées l'une de l'autre et ils auront gagné.

– S'ils attaquent, on fait quoi ?

– Je répète : on ne bouge pas. S'ils étaient si forts, on ne serait déjà plus là.

Des coups contre la porte les firent sursauter.

– Ils attaquent ! s'écria Camille.

– C'est rassurant. Cela signifie qu'ils ne passent pas à travers les murs.

Les coups avaient la régularité d'un métronome. Le battant résistait.

On se mit également à cogner contre les volets !

– On est piégées ! dit Camille.

Léa se leva et alla ouvrir la fenêtre.

– Putain qu'est-ce que tu fous ? s'affola Camille.

– Je n'ai pas envie de mourir idiote. Je veux savoir à qui on a affaire. Je veux identifier cette putain de sorcière anthropophage qui cherche à nous manger !

Léa poussa violemment les deux volets qui claquèrent contre la façade et se retrouva face à la nuit.

– Personne, constata-t-elle stupéfaite.

– D'où venaient les coups, alors ?

– J'en sais rien.

– J'hallucine !

À l'intérieur, on continuait à tambouriner contre la porte.

Bong!... Bong!... Bong!... Bong!... Bong!...

Léa se pencha au-dessus du vide et estima à trois mètres une chute jusqu'aux dalles de pierre. En s'accrochant au rebord en fer forgé, on pouvait réduire la hauteur et se lâcher sans se casser une jambe. Mais cela impliquait aussi que, pendant quelques secondes, Camille et elle seraient séparées. Pas question de prendre le risque. Léa fit volte-face et demanda à Camille de l'aider à libérer le passage de la commode.

Bong!... Bong!... Bong!... Bong!... Bong!...

– Tu veux faire quoi? s'inquiéta Camille.

– On va ouvrir.

– Quoi, t'es dingue?

– Il a suffi d'ouvrir les volets pour que les coups s'arrêtent. Ça marchera peut-être aussi de ce côté-là.

– À quoi tu joues, Léa?

– Tu as une idée de ce qu'il y a derrière, toi?

– Non.

– Justement, on n'en a aucune. On ne sait même pas à quoi ça ressemble. On ne voit jamais personne.

– Si, j'ai vu la fillette. Elle existe.

– Tu lui as parlé? Tu l'as touchée?

– Elle était là dans le grenier, j'te dis! OK, la deuxième fois c'était un cauchemar, j'avoue. Mais pas la première.

– Eh bien on va ouvrir à cette gamine. Qu'est-ce qu'on risque? Deux grandes filles comme nous contre une petite fille, on a nos chances, non?

Bong!... Bong!... Bong!... Bong!... Bong!...

– Et si elle a des pouvoirs?

– Elle a celui de nous faire peur en tout cas. Allez, aide-moi.

Bong!... Bong!... Bong!... Bong!... Bong!...

– Bouge-toi! gueula Léa à son amie pétrifiée.

Camille s'arracha du lit pour poser ses mains sur le bord de la commode et poussa. Une fois la porte dégagée, Léa fourra la clef dans la serrure sans faire de bruit. Puis elle la tourna lentement dans le sens des aiguilles d'une montre. Camille saisit la poignée d'une main et brandit son marteau de l'autre.

– Je vais me caguer dessus, dit-elle.

Léa leva le manche de pioche au-dessus de sa tête, prête à frapper la première fillette qui apparaîtrait sur le seuil.

Camille baissa la poignée et ouvrit.

43.

Il n'y avait personne.

– J'en étais sûre! s'exclama Léa. Ça agit dans l'ombre. On ne les voit jamais.

– T'as dit «ça»...

– Et alors?

– ... Comme le monstre imaginé par Stephen King...

– Je dis «ça» parce que je n'ai pas de nom à mettre dessus.

– ... Un clown qui incarne nos peurs... continua Camille sur le même ton.

Elle semblait perdre pied. Léa la prit par les épaules et la secoua.

– Oh! Camille, t'es pas chez Stephen King, là! Ça n'a rien à voir. Toi qui as peur des rats, tu en as vu beaucoup t'attaquer?

– Oui, Jack.

– C'était une blague de Julien, putain! Pas un monstre à nez rouge qui serait venu exploiter tes phobies pour te terroriser.

– Tu as raison. Excuse-moi, je déraille.

Elles s'avancèrent jusqu'à l'angle du couloir qui se prolongeait ensuite vers la mezzanine. Il n'y avait plus de bruit dans la maison, à part celui de la discussion qu'elles entretenaient pour surmonter leur angoisse.

– Ils jouent avec nos nerfs, dit Camille.

Une pierre d'origine inconnue frappa soudain le sol du salon.

– Qu'est-ce que vous voulez à la fin, bande d'enfoirés ? gueula Camille.

Une porte claqua derrière elles.

– La chambre ! s'exclama Camille.

Elle revint sur ses pas et disparut à l'angle du couloir.

– Camille ! cria Léa.

Elle fonça dans son sillage avec une atroce appréhension. Léa soupira de soulagement à la vue de son amie devant la porte de leur chambre. Elle tordait la poignée dans tous les sens.

– C'est verrouillé ? lui demanda Léa.

– Ouais. Ils ont réussi à nous déloger.

– Mais pas à nous séparer. Ne me refais pas le coup de t'éloigner comme ça. C'est ce qu'ils veulent.

– On va où maintenant ?

– Nulle part.

Camille vérifia pour la centième fois son téléphone qui affichait toujours l'absence de réseau.

– J'ai soif, dit-elle.

– Allons au rez-de-chaussée. Qu'est-ce qu'on a à craindre après tout ? Ils ne veulent pas être vus ? Tant mieux. On va s'installer là où on a le plus de chances de les voir : au salon ! Ce sera notre meilleure protection.

– Qu'est-ce que tu racontes ?

– L'erreur a été de s'isoler dans un endroit confiné.

Elles escaladèrent le mur de planches qui entravait l'escalier et descendirent sans chercher à être discrètes.

– C'est pas possible cette odeur, se plaignit Camille.

– Je me demande d'où ça vient, dit Léa en regardant autour d'elle.

– Faut remonter la piste avec l'odorat, pas avec les yeux.

Elles reniflèrent, courbées en deux au plus près du sol. Leur flair les mena vers la baie vitrée. Elles trouvèrent l'origine de la puanteur derrière la statue d'une sorte de David à tête de Dark Vador.

– Euuuuuuuuurk ! fit Léa dégoûtée.

– Ça craint ! s'écria Camille en écho.

Des excréments souillaient le socle de la sculpture.

– Qui c'est qui a chié là, putain ? s'indigna Léa.

– Ça ne peut être qu'un animal.

– Vu le volume des bouses, ce n'est pas le rat de Julien !

– Tu crois qu'une bête se cache dans cette maison ?

– De la taille d'une vache ?

– J'en sais rien mais ça a l'air récent. Le gros dégueulasse qui a fait ça ne doit pas être loin.

Léa scruta à nouveau autour d'elle et ne décela aucune autre présence.

– On fait quoi ? demanda Camille.

– On vire ces merdes.

Elles ramassèrent les selles avec une pelle en plastique dénichée dans la cuisine et s'en débarrassèrent dans les toilettes. Camille donna un coup de détergent.

Elle n'arrivait pas à se débarrasser de la pestilence qui avait infecté ses narines. Léa remplit deux verres de Coca.

– Plonge ton nez là-dedans, ça ira mieux, conseilla-t-elle.

– T'as rien de plus fort ?
– On va éviter l'alcool.
– Ouais, sage décision.

Camille prit son verre et le huma comme un vieux millésime.

– Je ne sais pas si on a raison de rester là, murmura-t-elle.

– Tant qu'on ne se perd pas de vue et qu'ils ne peuvent pas nous surprendre, on ne risque rien, je te dis.

À moitié convaincue, Camille s'installa dans le canapé. Son champ de vision englobait la cuisine, l'escalier, le hall et l'entrée de la salle à manger. Elle leva les yeux sur la mezzanine en buvant son soda.

Debout derrière la rambarde en fer forgé, la petite fille au masque chirurgical l'observait.

Camille avala de travers, toussa, cracha.

– Ça va ? s'inquiéta Léa.

Camille pointa du doigt le premier étage avant de pouvoir émettre un mot intelligible.

– Là !... Elle est là !...

Léa suivit du regard la direction indiquée par Camille. Elle ne remarqua rien d'anormal.

– Elle était là, je te jure ! La fille ! Elle nous surveillait ! Me dévisage pas comme ça, putain, je suis pas dingue !

Plantée au milieu du salon, Léa était désemparée.

– Léa, tu me crois, hein ?... Léa !

– Oui, ça va, j'ai compris ! On va aller jeter un œil.

– Non, pas question !

– OK, on se calme d'abord.

Léa s'assit à côté de Camille, lui serra la main et se mit à gamberger.

– Je reste là, décida-t-elle. On va faire du café. Si on s'endort, on est foutues. On doit tenir encore sept heures.

Elles se rendirent ensemble à la cuisine. Une pierre était tombée sur la machine à café.

– On va finir par s'en prendre une sur la gueule, prédit Camille.

Une nouvelle pierre roula dans le séjour comme pour ponctuer sa remarque.

– Quoi, faut porter un casque de chantier maintenant ? s'emporta Léa en s'adressant aux murs. Hein ? C'est ça que vous voulez ?!

– Je ne sais pas, dit Camille, mais une camisole de force c'est certain si on reste ici. Cassons-nous de cette baraque !

– Pour aller où ? Il n'y a rien autour.

– Si. La route qui mène à Vence. C'est là où on a le plus de chances de rencontrer une voiture.

– À trois heures du mat' ?

– Si on ne croise personne, on continuera à pied. Il y a vingt kilomètres et c'est quasiment que de la descente. En marchant vite, on y est dans cinq heures.

– Et tu crois vraiment qu'on est plus en sécurité dehors que dedans ?

– Tant qu'on reste ensemble, on ne risque rien, c'est toi qui l'as dit.

Léa hésita.

– Je ne peux pas y aller toute seule, insista Camille. Sinon, c'est la dernière fois que tu me vois. Mais je peux encore moins rester dans cette maison et risquer de me prendre une pierre sur la gueule ou tomber encore une fois sur le fantôme de cette gamine. Alors décide-toi. Vite !

Une nouvelle pierre s'écrasa au premier étage.

– OK, et j'emporte une bouteille d'eau.

44.

Camille et Léa déclouèrent la planche avec le pied-de-biche et ouvrirent la porte d'entrée. Elles s'avancèrent sur le perron et se figèrent face aux bruits nocturnes de la forêt qui semblaient les avertir de ne pas approcher.

Par chance, il ne pleuvait plus.

Elles traversèrent la cour gravillonnée de la villa et marchèrent en direction de la route située au bout d'un chemin qui coupait une futaie en deux. Elles avaient pris chacune un sac à dos contenant de l'eau et quelques vivres, comme pour une randonnée.

Le sentier était bordé de lanternes à capteurs solaires qui éclairaient chichement le sol. Un cri strident pétrifia Léa.

– Bouche-toi les oreilles si tu flippes, conseilla Camille qui avait mis ses écouteurs.

– T'écoutes quoi?

– Du dance floor. Ça parasite la peur.

– Passe-moi la moitié du son.
Camille lui offrit son oreillette droite.

We can keep it simple, baby
Let's not make it complicated

– C'est quoi ?
– Dimitri Vegas & Like Mike… Sur la tracklist de *Tomorrowland*.

Camille reprenait le dessus, compensant l'hésitante témérité de Léa par une audace irréfléchie.

Un craquement sur leur droite.

Léa restitua l'oreillette à Camille. Pas question de se priver de l'ouïe, le meilleur des cinq sens pour détecter le danger. Celui que l'on ne pouvait pas mettre en veilleuse, contrairement aux autres.

Ce fut ce sens-là qui lui donna soudain l'espoir qu'elles étaient sauvées.

Le son d'un moteur.

Une voiture était en approche.

Léa saisit le bras de son amie et désigna les phares qui venaient de percer la nuit. À la seconde où elle les vit, Camille courut en se délestant de son sac à dos. Léa s'élança derrière elle. Par chance, le conducteur ne roulait pas vite. Léa essaya de rattraper Camille mais la gymnaste filait comme une gazelle vers les feux de l'espoir. Elle la perdit de vue dans le virage que formait le sentier menant à la départementale.

Léa accéléra, faillit se tordre la cheville en plongeant le pied dans une ornière, coupa à travers les flaques jusqu'à la dernière ligne droite, trébucha à nouveau avant de voir passer le véhicule à une centaine de mètres. Léa hurla en direction de la voiture qui ne s'arrêta pas. Une sueur froide dégoulina dans son dos. Elle venait de rater sa chance de quitter cet endroit. Mais ce n'était pas le pire. Car Camille s'était volatilisée.

– Camiiiiiiiiiiiiiillle! cria-t-elle.

Aucune réponse.

Elle scruta l'obscurité des bois qui l'enserraient, s'approcha de l'orée grouillant de sons discordants et inhospitaliers et s'aventura sur quelques mètres entre les arbres. Elle posait les pieds sur le sol à la fois craquant et boueux, sentait des choses fuir sous sa semelle, pénétrait une végétation humide et de plus en plus dense qui la fouettait, la piquait, la griffait au fil de sa progression.

Léa appelait Camille encore et encore, sans réellement altérer les bruits autour d'elle. Elle n'était qu'un son de plus dans un environnement indifférent où se cachait une entité démoniaque qui ne s'en prenait qu'aux êtres humains.

Une forme inconnue jaillit sur sa gauche et l'effleura avant d'être effrayée à son tour par le cri qu'elle poussa.

Léa ne pouvait pas continuer ainsi à chercher son amie. Elle allait finir par se retrouver face au monstre et mourir de peur. Elle était toute seule et il surgirait bientôt des ténèbres pour l'emporter elle aussi. Léa devait prendre une décision.

Suivre la départementale comme elle l'avait envisagé avec Camille ou revenir sur ses pas et se barricader jusqu'à l'arrivée des secours ?

Marcher dans la nuit en espérant qu'une deuxième voiture se présenterait ou s'enfermer dans la maison dans laquelle ses camarades avaient été enlevés ?

Le mal pouvait être partout.

Une fois de plus, Léa se posa mille questions avant d'arrêter son choix. Ses parents la traitaient souvent de mollassonne. Elle préférait se voir comme une version féminine d'Hamlet qui privilégiait l'introspection à l'action mais parvenait à ses fins. Elle s'accrocha à cette dernière idée.

Léa trancha pour une solution qui n'était pas irrévocable. Elle allait attendre une voiture au bord de la route pendant un petit moment. En effet, elle s'était aperçue que les attaques étaient espacées dans le temps. D'après ses souvenirs embrouillés, les intervalles entre les disparitions de Mathilde, de Quentin et de Manon avaient été les plus courts. Environ un quart d'heure. Elle ne resterait donc pas dehors plus de quinze minutes. Ce calcul ne reposait sur aucune certitude mais ce fut ce qu'elle trouva de mieux. Elle ressortit de la futaie et marcha en direction de la départementale.

Léa s'arrêta au bout de quelques mètres, médusée.

Elle était là !

Frappée d'effroi, Léa s'efforça de garder son calme, de ne pas bouger, au cas où elle n'aurait pas été repérée. Au bout du chemin se tenait une silhouette féminine de petite taille, vêtue d'un ciré jaune et de bottes rouges. De là où elle était, Léa ne la voyait pas suffisamment pour lui donner un âge. Mais cela ne pouvait être que la fillette que Camille avait aperçue dans la maison. Celle-ci se mit soudain à courir dans sa direction.

Cette fois, Léa n'accorda aucun temps à la réflexion. Elle battit en retraite vers la maison, espérant l'atteindre avant la chose qui lui fonçait dessus.

45.

Léa referma à clef derrière elle avec la désagréable impression que cela ne servait à rien. Elle progressa jusqu'au salon en scannant la pièce du regard, guettant l'instant où le sort allait frapper, où l'ennemi invisible allait lui tomber dessus, la pétrifier à l'instar de ses amis et la rayer de la surface de la Terre.

Comment utiliser au mieux ces dernières minutes à survivre, seule dans cette maison qui n'était pas la sienne ? Elle écarta l'idée de se cloîtrer comme elle avait eu la faiblesse de le faire avec Camille. En levant les yeux au plafond soutenu par d'épaisses poutres apparentes, elle vit la bibliothèque. Elle emprunta les escaliers, enjamba les planches dérisoires et se mit à la recherche de quelque chose qui lui serait familier, auquel elle pourrait se raccrocher. Elle le trouva dans une vieille édition de poche réunissant trois œuvres de Bill, dont le chef-d'œuvre de tous les chefs-d'œuvre qu'elle avait lu cent fois : *Hamlet*.

Elle s'empara de l'ouvrage comme d'un grimoire sacré et redescendit s'installer sur le canapé du salon avec un verre de vodka en guise de philtre magique. Elle n'aimait pas l'alcool, mais là, en compagnie du neveu du roi du Danemark dont elle était tombée amoureuse à l'âge de 15 ans et avec un breuvage enivrant qui évoquait les nombreuses fêtes passées en compagnie de ses amis disparus, elle était en terrain familier.

Léa ouvrit le livre et respira l'odeur si particulière des vieilles éditions. Elle feuilleta les pages jaunies par les décennies, relut ses passages préférés qu'elle connaissait presque par cœur. Écrits quatre siècles plus tôt, ils l'éclairaient sur son présent, tel ce conseil d'Hamlet à l'un des comédiens convoqués à la scène 2 de l'acte III : « Ne soyez pas non plus trop apprivoisé ; mais que votre propre discernement soit votre guide ! »

Elle s'arrêta ensuite à la scène 3 de l'acte IV, lorsque Claudius qui cherche à éliminer Hamlet se dit à lui-même : « Aux maux désespérés, il faut des remèdes désespérés, ou il n'en faut pas du tout. »

Léa en était là elle aussi, en quête d'un remède désespéré pour se débarrasser d'un mal qui lui ôtait tout espoir.

Elle se rendit ensuite directement à la dernière scène de la pièce, là où tombent les morts comme dans un final à la Tarantino. Juste avant le combat, Hamlet, fataliste, déclare à son ami Horatio : « Nous bravons le présage : il y a une providence spéciale pour la chute d'un moineau. Si mon heure est venue, elle n'est pas à venir ; si elle n'est pas à venir, elle est venue : que ce soit à présent ou pour plus tard, soyez prêts. Voilà tout. Puisque l'homme n'est pas maître de ce qu'il quitte, qu'importe qu'il le quitte de bonne heure ? Laissons faire. »

L'heure de Léa était venue. Elle était prête.

46.

Léa se réveilla en sursaut.

Son sixième sens l'avait alertée d'une présence toute proche. Elle ne bougea pas. Son pouce était coincé entre deux pages des œuvres de Shakespeare. Le verre vide avait basculé contre son nombril découvert. Un froissement juste devant elle annonça le danger. Mais son regard attentif ne détectait rien d'anormal. L'ennemi invisible était là, il progressait à son insu. Elle se raidit face à la menace… et identifia l'origine du bruit. Jack! Caché par un paquet de chips, le rongeur pointait son museau vers Léa.

Léa consulta sa montre. Son geste fit détaler Jack. Camille avait été enlevée depuis une demi-heure.

Il ne s'était rien passé depuis.

Une étrange sensation s'empara d'elle. Et si elle s'en sortait?

Elle ne demandait pas mieux mais que penserait tout le monde? Pourquoi Léa serait-elle la seule rescapée?

Des soupçons pèseraient sur elle. Qu'aurait-elle comme arguments pour justifier d'avoir été épargnée ? Qui prendrait au sérieux sa déposition impliquant un mal indescriptible, à part peut-être les membres de l'association du col de Vence ? Que dirait-elle aux parents de Quentin qui découvriraient leur maison caillassée ? Elle serait la cible des enquêteurs et des médias qui multiplieraient sur son dos des hypothèses toutes plus extravagantes les unes que les autres.

On irait fouiller dans sa vie.

On découvrirait une fille trop émotive et sensible, aux goûts bizarres, du moins si l'on se référait aux goûts du commun des mortels qui aime ce que tout le monde aime. Les psychologues établiraient le profil d'une adolescente qui avait pour livre de chevet une pièce écrite en 1603 dans un vieil anglais.

Une adolescente qui se passionnait pour le travail d'une artiste ayant réalisé un plan fixe de douze minutes sur des gens normaux à qui l'on demande d'ouvrir les yeux sur un pistolet que l'on vient de mettre dans leurs mains.

Une adolescente au teint cadavérique et à l'abondante chevelure rousse qui avait été la risée des cours de récré en primaire avant d'enflammer celles du secondaire.

Une adolescente au charme vénéneux dont le sentiment de rancœur avait dû forger une personnalité revancharde.

Une adolescente peu scolaire, et donc peu docile, mais douée dans les matières artistiques, surtout littéraires et plastiques, qui l'avaient propulsée première de sa classe grâce au jeu des coefficients.

Une adolescente effrontée qui avait un jour menacé l'un de ses professeurs de le filmer dans un *snuff movie*[1] pour lui enseigner ce qu'était vraiment l'art.

Une adolescente aux mœurs très libres, et donc instable, qui selon les témoins ne s'entendait plus avec son petit copain et fricotait avec une fille encore plus louche. Les caméras de surveillance de la villa l'attesteraient.

Une adolescente qui publiait régulièrement sur les réseaux sociaux des vidéos d'étranges sculptures flattant le sens du toucher, des photos sulfureuses régulièrement bloquées par l'algorithme de Facebook, des poésies organiques ne collectant qu'une poignée de «like» et des commentaires à l'emporte-pièce qui hérissaient les bien-pensants.

Une adolescente à part qui ne faisait rien comme les autres et collectionnait un certain nombre de critères de la psychopathie définissant une prédisposition au passage à l'acte: sentiment de supériorité, problèmes comportementaux, impulsivité, incapacité à maîtriser ses émotions mais tendance à se ressaisir rapidement pour contrôler la situation.

Elle aurait pu se défendre en prétendant que de nombreux adolescents trimballaient ce genre de profil, mais on lui aurait inévitablement rétorqué qu'aucun ne s'était retrouvé seul au terme d'une soirée qui avait conduit à l'élimination de tous ses camarades de beuverie.

Vivante, Léa incarnait la suspecte idéale.

---

1. Un *snuff movie* est une vidéo mettant en scène une personne qui n'est pas un acteur et qui est véritablement tuée ou torturée.

Après avoir tergiversé et bu beaucoup d'alcool, elle prit trois décisions.

La première était de laisser un témoignage sur ce qu'il s'était passé dans cette maison, à l'attention de ceux qui la découvriraient vide. Et le faire dès maintenant, avant qu'elle ne disparaisse.

47.

.

Léa fixa son reflet dans le miroir. Elle était montée au premier étage et s'était enfermée dans l'une des salles de bains.

Elle sonda son visage que l'ivresse, la fatigue et le stress avaient altéré. Les contours étaient flous, mais comme le sol tanguait, elle mit ça sur le compte de la vodka.

Elle posa son téléphone sur la tablette du miroir de façon à se filmer face à la glace, sélectionna la fonction vidéo et raconta les évènements de la soirée. Une soirée frissons ! Elle ne se rappelait plus très bien qui avait suggéré l'idée. Un concept qui avait emballé le pauvre Clément qu'ils s'étaient sentis obligés d'inviter. La pitié est souvent mauvaise conseillère.

Chacun avait préparé une performance destinée à effrayer ses camarades. À chaque frisson, quatre gorgées, telle était la règle ! Léa ne s'était pas cassé la tête. Mais certains étaient allés très loin, Mathilde en simulant une amputation des doigts, Mehdi en faux kamikaze et Camille en possédée du Diable ou du Ouija. La palme revenait à Maxime qui avait convoqué le fantôme de Manon à l'issue d'une séance de spiritisme.

À ce moment du témoignage, Léa dut trahir le secret de Manon et dévoiler le faux suicide qu'elle avait mis en scène pour son oral de juin.

Léa n'aurait su dire exactement à partir de quand la vraie menace s'était invitée à la fête. Il y avait eu le sabotage de l'amplificateur du réseau téléphonique. Les enregistrements des caméras de surveillance leur avaient révélé la disparition de Clément, terrorisé à son arrivée devant la maison. Cela avait été ensuite le tour de Mathilde, terrifiée elle aussi par quelque chose qui ne se montrait pas. Puis Quentin. Léa se souvenait encore de la peur et de la souffrance exprimées par son copain avant qu'il ne chute au fond du trou de la piscine.

Léa rapporta comment des pierres de tailles diverses étaient tombées dans la maison. D'après Quentin, d'étranges phénomènes se produisaient dans le coin depuis vingt-cinq ans. Deux livres avaient été écrits sur le sujet. Apparemment les références étaient sérieuses.

Le moniteur du système de surveillance avait été endommagé dans le bureau mais la police scientifique pourrait sûrement récupérer les enregistrements de tous ces faits.

Léa évoqua les disparitions successives de Manon, Marie, Maxime, Mehdi, Julien et Camille, les sphères lumineuses autour de la maison, la petite fille au masque chirurgical qui terrorisait Camille, les étranges bruits de moteurs au-dessus de leurs têtes, les pas saccadés dans les couloirs, les coups contre la porte et les volets...

Les caméras avaient-elles réussi à capter, ne serait-ce qu'une demi-seconde, cette présence tapageuse qui n'apparaissait jamais aux victimes ?

Il ne restait plus qu'une proie dans la maison. Il était quatre heures du matin et Léa n'avait toujours pas disparu. Ce dont elle venait de témoigner n'était pas une farce ni une vue de l'esprit. Elle avait certes beaucoup bu mais elle disait la vérité. Du moins le croyait-elle. Comment en être certaine ?

Il fallait prouver à ceux qui découvriraient son témoignage qu'elle n'était pas folle, ni psychopathe, ni diabolique.

C'était sa deuxième décision.

48.

Léa agressa le miroir devant l'objectif de son iPhone. Sa façon à elle de se déculpabiliser mais aussi de s'occuper l'esprit, de rester éveillée, de ne pas lâcher l'affaire. Seule, soûle, oppressée, elle se lança dans un plaidoyer théâtral, charnel, déroutant, sans se rendre compte qu'à trop vouloir démontrer qu'elle n'était pas folle, elle déraillait.

– Oui, je suis rousse, et alors ?

Sa tête n'était assurément pas banale, reconnut-elle en préambule d'un long monologue. Était-ce pour autant celle d'une aliénée ou d'une démone ? Déjà au Moyen Âge, les rousses étaient considérées comme des sorcières. Leurs chevelures qui avaient la couleur des flammes étaient associées à l'enfer, et donc au Diable et à la sorcellerie. À cause de ce détail, des milliers de rousses furent brûlées par l'Inquisition. Une différence physique justifiait une condamnation. Une imperfection ou une anormalité constituait le premier indice d'un lien étroit avec le démon.

À l'époque seulement ? De nos jours où les actes anti-LGBT étaient de plus en plus nombreux, les agressions antisémites de plus en plus violentes et les lobbies de plus en plus puissants et radicaux, une dissonance sémantique, vestimentaire, sexuelle ou spirituelle, bref une singularité, était susceptible de vous conduire à l'hosto ou au tribunal.

Léa examina son reflet qui embrasait la glace et lista les siennes : une abondante crinière orange qui lui épargnait de se déguiser pour Halloween, des taches de rousseur en pagaille comme celles qui poussaient sur les vieux livres, des yeux trop clairs intimidants, des lèvres naturellement rouge sang. Léa aurait pu incarner le sujet du devoir de fin d'année sur la différence !

Victime de l'opprobre et de l'ostracisme, elle s'était penchée très jeune sur les cas de sorcellerie et les procès qui en découlaient. Les accusées devaient jadis passer deux épreuves pour s'innocenter : celle de l'eau et celle de la peau.

Léa se fit couler un bain. Pendant que la baignoire se remplissait, elle chercha un objet pointu dans l'armoire à pharmacie. Pas d'épingle à nourrice, ni de ciseaux. Les parents de Quentin ne s'étaient pas encore totalement installés dans cette bergerie d'architecte et il manquait certaines choses. Léa dut redescendre à la cuisine pour s'armer d'un couteau.

La première épreuve que les juges de l'Inquisition infligeaient aux femmes accusées de sorcellerie consistait à les piquer sur l'ensemble du corps. Un pacte avec le Diable se scellait en effet par une marque sur la peau censée ne pas saigner et être insensible à la douleur. On déshabillait donc la prétendue sorcière, on la suspendait comme un veau à l'abattoir, on lui bandait les yeux et on lui enfonçait des aiguilles un peu partout jusqu'à ce qu'on décèle l'empreinte du mal.

Léa ôta ses vêtements et se larda de légers coups de couteau, déclenchant à chaque fois un petit cri doublé d'une grimace attestant qu'elle ressentait quelque chose. Des perles de sang indiquaient les endroits où elle avait appuyé un peu trop fort.

– Toutes les piqûres m'ont fait mal, déclara-t-elle.

Elle s'adressait à l'objectif comme si elle assurait sa défense devant ses futurs juges.

– Comme vous pouvez le constater, je ne suis pas marquée par le Diable. Et ne me dites pas à l'instar de vos ancêtres en robe de magistrat que chacune de mes taches de rousseur représente un rapport sexuel avec Lucifer. D'une part vous seriez incapables de les compter, d'autre part je n'ai pas assez d'années pour avoir autant copulé.

Elle jeta le couteau dans le lavabo et orienta son téléphone pour régler l'angle de vue sur la baignoire qu'elle alla enjamber. Celle-ci était pleine à ras bord. Lors du second test imposé par les tribunaux de l'Inquisition, les femmes rousses étaient ligotées et jetées dans l'eau. Si elles coulaient et se noyaient, on en déduisait qu'elles n'étaient pas des sorcières ! Si elles flottaient, cela signifiait qu'elles pouvaient défier les lois de la nature et donc qu'elles étaient diaboliques. Une fois reconnue coupable, la prévenue était torturée et condamnée au bûcher.

Léa s'allongea sur l'eau, coula comme une enclume, fit déborder la baignoire, avala de l'eau, se redressa en crachant et en toussant.

– CQFD! lança-t-elle. Je ne suis pas une démone. Mon âme n'est pas maléfique! Je n'ai pas jeté de sort sur mes amis. Ils n'ont pas disparu à cause de moi.

Elle s'essuya, se rhabilla et saisit son téléphone qui lui servait d'interlocuteur.

– Il reste à vérifier ma santé mentale.

Léa se souvenait d'un test sur Internet censé déterminer si l'on avait raison de vous traiter de fou ou pas. Elle était tombée dessus alors qu'elle venait d'intégrer la classe de seconde en Arts Appliqués. Elle n'avait encore aucun ami dans le lycée. Sa solitude et son physique incendiaire attisaient la circonspection ou la concupiscence selon les élèves. Les professeurs et les psychologues que lui imposaient ses parents étaient déstabilisés par son hypersensibilité, ses soliloques, sa procrastination, son inconstance, ses emportements, ses velléités artistiques singulières.

Léa avait effectué ce test sur Internet pour savoir à quel point elle était folle. Elle avait répondu aux huit questions qu'il contenait. Le résultat à l'époque l'avait informée qu'elle n'était pas comme tout le monde, mais pas non plus asociale, sous réserve de se prêter à quelques compromis.

Elle se souvenait à peu près des questions et décida de se les poser à elle-même pour que les psys qui tomberaient sur cette vidéo se fassent leur opinion.

– Combien de fois par mois te dit-on que tu es folle? demanda-t-elle à son reflet dans le miroir.

Elle laissa passer quelques secondes avant de se répondre :

– Je dirais plusieurs fois, mais moins souvent depuis que je suis en Arts Appliqués, et surtout depuis que j'ai intégré le groupe des Huit.

Elle continua ainsi son propre interrogatoire.

– Que signifie « folle » pour toi ?

– Pour moi, c'est une personne atteinte d'une maladie mentale. La folie est une pathologie très répandue. Elle touche une personne sur cinq voire plus selon l'OMS.

– Troisième question : t'arrive-t-il de te parler à toi-même ?

– Ouais. D'après les psys, c'est même un signe d'intelligence supérieure. C'est comme un soutien. Ça permet de me concentrer, de voir les choses de façon plus objective, de gérer le stress aussi.

– Quelle est la chose la plus folle que tu voudrais réaliser un jour ?

– Passer une soirée avec des inconnus dans le noir absolu.

– Es-tu spontanée ?

– Parfois. J'alterne la spontanéité avec de longs moments d'hésitation.

– As-tu déjà utilisé tes pensées pour t'immerger dans un monde imaginaire ?

– Qui n'a jamais cherché à s'évader vers un monde imaginaire, à part les imbéciles heureux ?

– Septième question : penses-tu avoir déjà fait une mauvaise impression ?

– Souvent. Mais j'espère que ce ne sera pas le cas avec cet auto-entretien.

– Dernière question : as-tu la sensation d'être suivie en ce moment ?

– Oui, depuis la disparition de mes amis. C'est la première fois que ça m'arrive. Je me sens surveillée, menacée. Par qui ? Je l'ignore. Mais j'ai peur.

Elle regarda autour d'elle avant de conclure :

– Voilà, j'ai fini. Messieurs les juges, messieurs les curés et messieurs les psychiatres, je ne suis ni coupable, ni possédée, ni folle. Il est probable que je disparaisse à mon tour dans l'heure qui vient. J'espère que ce témoignage vous aidera à nous retrouver.

Elle éteignit son smartphone, retira le bouchon de la baignoire pour la vider et s'assit sur le rebord.

Il ne lui restait plus qu'à appliquer la troisième décision qu'elle avait prise : trouver un meilleur coupable qu'elle.

49.

Léa entreprit de fouiller la maison de fond en comble. D'abord se faire un thé corsé pour tenir le coup. Mettre de la musique aussi, «pour parasiter la peur» comme disait Camille. Elle sélectionna *Redbone* de Childish Gambino.

Daylight
I wake up feeling like you won't play right
I used to know, but now that shit don't feel right

Léa commença à ranger machinalement mais réalisa qu'elle était peut-être en train d'effacer des indices. Elle était sur une scène de crime qui serait immanquablement passée au crible par les équipes de la police scientifique. Elle se contenta donc de boire son thé, d'engloutir un makroud et de jeter un œil dans chaque pièce comme si elle jouait à cache-cache, s'attendant à voir surgir à tout moment une petite fille avec un masque chirurgical ou un alien chargé de pierres.

La musique s'arrêta à la fin du morceau qu'elle avait sélectionné et la maison redevint silencieuse. Au terme de son inspection de l'étage, Léa se rendit à l'évidence qu'elle était vide. Il ne lui restait plus que ce maudit grenier à vérifier.

Elle évita de trébucher sur les pierres qui avaient roulé dans le couloir et emprunta l'étroit escalier. Son cœur se mit à battre un peu plus vite. Léa s'arrêta à mi-hauteur, hésita, décida d'aller de l'avant. Elle émergea dans les combles et souffla sur la poussière. Elle alluma la torche de son iPhone. Le rayon de lumière buta sur les cartons. Léa appela à tout hasard.

– Ohé! Il y a quelqu'un?

Sa voix alla se perdre sous la charpente avant de lui ramener un bruit de frottement qu'elle attribua aux chauves-souris. Inutile d'insister et de se retrouver avec un rongeur ailé dans les cheveux. Elle s'aventura sur la dernière marche, déclencha un craquement, s'immobilisa par réflexe avant de se dire que de toute façon sa présence n'était plus un secret.

Elle approcha du premier carton qui avait jadis contenu une imprimante laser. Il y en avait d'autres derrière, plus ou moins gros, marqués au feutre: «Livres de poche», «Linge de maison», «Vêtements enfants», «Chaussures», «Jouets», «Archives»... L'un d'eux était carrément vide. Sa curiosité fut soudain piquée par une inscription: «Albums photos».

Quentin avait prétendu que ses photos de famille avaient été perdues au cours du déménagement.

Or elles étaient là devant elle.

Le carton n'était pas volumineux mais il était lourd. Elle le traîna jusqu'à l'escalier et le fit glisser sur les marches. Dans le couloir, elle ôta le ruban adhésif et souleva les rabats sur une rangée d'albums aux reliures noir et or. Elle en saisit un au hasard. Il couvrait le mariage des parents de Quentin. Elle tourna les pages rapidement sur des visages inconnus et sans intérêt pour elle.

Elle en prit un autre. Il débutait sur la naissance de Quentin. Un beau bébé rose qui répandait des expressions de joie immense autour de lui. En feuilletant les pages, Léa fut troublée par l'allégresse qui émanait des photos. Les visages entourant le nourrisson étaient plus radieux que si l'on avait célébré la naissance du Messie. Même l'obstétricien et la sage-femme avaient fièrement posé avec Quentin. Ses parents avaient-ils rencontré des problèmes pour avoir un enfant au point de considérer la naissance de leur fils comme une sorte de miracle ? Quentin ne lui avait rien confié à ce sujet. Il était très discret sur sa famille, en particulier sur son enfance.

Des centaines de photos avaient été prises de lui, sous tous les angles. Elles remplissaient plusieurs albums. Les premiers pas, le premier Noël, le premier anniversaire, les premiers instants de tout ce qui faisait la petite enfance de Quentin étaient compilés dans ce carton. Assise au milieu du couloir, Léa feuilleta le passé de son ami en s'étonnant que celui-ci n'ait jamais posé avec ses parents qui se bornaient à des rôles de figurants sur les photos.

Elle s'intéressa aux autres albums qui immortalisaient la jeunesse de Quentin, l'unique vedette sur les photos. Des questions vinrent à l'esprit de Léa. Pourquoi avoir relégué au grenier tous ces instants de bonheur, au milieu du vieux linge et des archives jaunies par l'humidité et le temps ? Pourquoi Quentin lui avait menti sur la perte de ces albums qui n'avaient apparemment rien de compromettant ? Que cachaient-ils ?

À force de gamberger, Léa parvint à une étrange hypothèse. Et si ces photos trahissaient ce que l'on voulait refouler ? C'était comme si on avait braqué l'objectif sur Quentin pour qu'on ne regarde pas ailleurs. Quelque chose ou quelqu'un qui était là mais dont on s'employait à effacer la présence.

Un frisson fit trembler Léa avant même que l'idée ne se formule clairement dans sa tête. Avant même qu'elle n'établisse le lien entre cette chose invisible sur les photos et la chose invisible qui vivait dans la maison.

Il y avait un monstre sur ces photos que l'on ne voyait pas. Et c'était le même qui hantait ces lieux.

50.

Léa tira le carton dans le couloir en slalomant entre les pierres et se retrancha dans la chambre de Quentin. Son copain n'y avait encore jamais dormi mais la pièce était prête à être occupée. Elle referma la porte derrière elle. Il y avait une clef dans la serrure qu'elle tourna pour verrouiller. La peur était revenue à la suite de sa découverte.

Elle rouvrit les albums et chercha un indice. Il y avait bien quelque chose qui avait échappé à l'œil du photographe mais pas à celui de l'objectif. Comme la silhouette près de la bibliothèque qui avait été capturée par l'appareil de Marie.

Léa s'était trouvé une nouvelle activité pour occuper son esprit et les heures qui lui restaient à passer dans cette maison. Elle étala les albums sur le sol de la chambre, s'intéressa aux arrière-plans, scruta les ombres, les reflets, les formes suspectes qui auraient pu entrer dans le champ de l'objectif braqué sur le bambin souriant.

Sa ténacité fut enfin récompensée.
- Putain, c'est quoi ça ?
Sur une photo, Quentin était en train de souffler six bougies plantées sur un gros gâteau d'anniversaire multicolore. Une montagne de cadeaux avait été déversée sur la table. La composition surchargée du cadre détournait l'attention d'un détail : un reflet sur la vitre de la fenêtre ouverte derrière le jeune Quentin.

Léa se leva et sortit brusquement de la chambre. Elle se précipita dans le bureau. Les tiroirs contenaient du matériel. Elle dénicha une loupe.

Elle retourna dans la chambre en oubliant de refermer la porte, prise de la même frénésie que celle d'un archéologue découvrant un hiéroglyphe sur un sarcophage. Avec en plus la peur au ventre.

Elle s'agenouilla devant l'album et plaqua la loupe sur le reflet dans la vitre, dans le dos de Quentin qui soufflait ses bougies. L'agrandissement confirma ses craintes et la glaça d'effroi. Léa distinguait un visage et des traits difformes. La photo ne permettait aucun doute : il y avait un monstre dans la pièce où Quentin fêtait ses six ans. Soit quelqu'un portait un masque incongru susceptible d'effrayer un jeune enfant, soit il s'agissait d'un individu hideux dont on avait honte. L'anniversaire de Quentin ne tombait pas le jour d'Halloween ; aucune raison de se déguiser en monstre.

La deuxième hypothèse paraissait donc la plus plausible à Léa : un monstre, au sens médical du terme, c'est-à-dire un être vivant présentant une importante malformation, était invité ce jour-là.

Quentin avait-il un frère aîné ?

C'était possible.

Cela aurait expliqué beaucoup de choses. L'absence criante de ce frère sur les photos de famille. La liesse des parents à la naissance d'un bébé «normal». Le secret dont Quentin entourait son passé. Les albums photos relégués au grenier pour oublier les mauvais souvenirs inexorablement liés aux bons. Le choix des parents de Quentin de venir habiter dans cette résidence isolée.

Le monstre vivait probablement ici depuis sa naissance. Tenu à l'écart, dans la bergerie des grands-parents. L'étrange visiteur que Quentin avait aperçu derrière le frigo quand il était petit pouvait-il être un frère monstrueux qu'on lui aurait caché dans sa petite enfance?

Léa poussa un peu plus loin le raisonnement, à voix haute, comme pour donner plus de poids aux mots. Comme dans une pièce de Shakespeare.

– Les caméras n'ont pas été installées dans cette maison pour surveiller les œuvres d'art, mais pour surveiller quelqu'un qui vivait ici et qui pouvait péter les plombs!

Le monstre s'était déchaîné contre eux. Pourquoi? Avait-il eu peur de tous ces gens qui avaient investi son espace de vie? Avait-il pris au sérieux leurs mascarades effrayantes? Était-il animé d'un esprit de vengeance? Qu'avait-il fait de ses camarades après les avoir terrorisés? Les séquestrait-il? Les avait-il tués? Enterrés vivants?

Léa leva les yeux sur la porte à peine entrebâillée. Elle l'avait pourtant laissée grande ouverte. Elle se redressa sous l'effet de l'adrénaline.

Quelqu'un avait touché la porte.

Quelqu'un l'avait observée à son insu.

Léa sortit de la chambre, prête à affronter le monstre.

Elle ne trouva personne, mais son attention fut attirée par une forme étrange au bout du couloir. Tapie dans le noir, elle produisait un gémissement sourd. Léa hésita comme à son habitude. Reculer ou s'enfuir? Elle n'eut pas le temps de choisir. Au moment où la chose se déploya, il était trop tard.

Teketeketeketeketeketeketeketeketeketeketeketeketeketeketekete keteketekete!

La petite fille termina sa course saccadée face à Léa tétanisée.

– Suis-je belle? demanda la fillette d'une petite voix étouffée par le masque chirurgical qui lui cachait la moitié du visage.

Aucune réponse ne sortit de la bouche ouverte de Léa.

– Suis-je belle? répéta la fillette.

– Qui es-tu? souffla enfin Léa.

– Suis-je belle? Oui ou non?

– Euh... oui, répondit Léa.

La petite fille ôta son masque.

– Même comme ça?

Sa bouche était entaillée jusqu'aux oreilles, déformée par une énorme boursouflure.

La peur secoua Léa, aussi violente et douloureuse qu'une décharge électrique. Ses muscles la lâchèrent. Elle s'écroula sur place sans pouvoir réagir. Elle entrevit le sourire démoniaque au-dessus d'elle avant de plonger dans le noir.

Elle sentit qu'on l'entravait et qu'on la soulevait du sol. Elle était à la fois aveugle et paralysée, mais elle entendait tout. La tête en bas, elle fut transportée hors de la maison, avec l'atroce appréhension de n'en avoir plus pour longtemps sur cette Terre.

Deuxième partie
Les Neuf

51.

La mère de Camille se gara le dimanche matin devant la maison à onze heures précises. Estelle Souliol n'était jamais en retard. Surtout quand il s'agissait de venir chercher sa fille. Elle avait confié à son mari la délicate mission de surveiller la cuisson du gigot et de recevoir les membres de la famille conviés au déjeuner dominical.

Le ciel était toujours nuageux et la pluie avait très provisoirement cessé de tomber. Estelle porta un regard admiratif sur l'architecture de la bergerie rénovée qu'elle n'avait pas eu le loisir d'apprécier la veille. La porte d'entrée grande ouverte interrompit sa contemplation. Elle enjamba la grosse pierre qui avait roulé sur le paillasson et entra en signalant sa présence. Elle n'obtint aucune réponse et, surtout, découvrit avec effarement le désordre qui régnait à l'intérieur, en plus du silence funèbre. Estelle alluma son téléphone et constata qu'il n'y avait pas de réseau.

Après avoir inspecté chaque pièce, elle ressortit de la villa et appela en direction de la forêt. Peut-être que les jeunes étaient partis en balade, bien que ce ne soit pas vraiment leur genre de se lever tôt pour aller se promener dans les bois. Elle n'obtint pas plus de réactions.

Estelle sauta dans sa voiture et rebroussa chemin en direction de Vence. Elle s'arrêta sur le bas-côté dès que son téléphone afficha des barres de réseau et tenta en vain de joindre sa fille. Elle laissa un message incendiaire sur la boîte vocale de Camille et contacta la mère de Marie qu'elle connaissait bien. Celle-ci n'avait pas plus d'informations qu'Estelle, mais ne sembla pas s'inquiéter de la situation. Les jeunes étaient « grands » selon elle. En plus ils étaient huit et ne risquaient rien ensemble.

Estelle n'essaya pas de transmettre son inquiétude à la mère de Marie et appela les parents de Quentin. Ils étaient à Milan et n'avaient aucune idée de ce qui pouvait s'être passé. Ils avaient un vol de retour prévu le lendemain et ne pouvaient pas avancer celui-ci. Le père de Quentin conseilla à Estelle d'appeler la gendarmerie.

Ce qu'elle fit aussitôt.

52.

Moins de quinze minutes après le coup de fil d'Estelle Souliol, les véhicules de la gendarmerie envahissaient la propriété des parents de Quentin qui avaient finalement avancé leur retour.

La découverte des pierres dans la maison rappela au commandant Sevrant les enquêtes de l'adjudant Kléber, parti à la retraite en emportant avec lui ses histoires d'OVNI et de phénomènes paranormaux.

Planté dans le jardin sous la pluie qui s'était remise à tomber, le commandant contemplait l'étrange bâtisse qui défiait les lois de l'architecture et qui avait avalé huit adolescents.

Des aboiements lointains ponctués par plusieurs coups de sifflet l'arrachèrent à ses réflexions. Son talkie-walkie grésilla :

– Les chiens ont flairé quelque chose, commandant ! beugla le brigadier Dolfi dans l'appareil.

– Où êtes-vous ?

Le commandant attendit une réponse qui ne venait pas.

– Où êtes-vous, brigadier?
– ... plateau du Diable!... *Crrrrrrrrrrrrrrrrr...*
Des parasites se mêlèrent à la conversation.
– Brigadier, vous m'entendez?
– *Crrrrrrr...* utain! Qu'est-ce que c'est que ça?... *Crrrrrrrr...*
– Brigadier, soyez plus clair!
– *Crrrrrr...* vaudrait mieux que vous voyiez par vous-même... *Crrrr...* Je viens vous chercher...

Jean-Paul Sevrant avança sous la pluie en direction des premiers arbres, à la rencontre du brigadier. Guidé par les aboiements, il traversa un bois de chênes verts jonché de roches grises. Il déboucha sur la garrigue. Le brigadier Dolfi courait à sa rencontre.

– Par ici, mon commandant! lança-t-il avant de rebrousser chemin.

Il avait le souffle coupé, moins pour avoir couru que par l'émotion qui l'étreignait.

Sevrant le suivit sans l'interroger. Inutile d'avoir le point de vue de Dolfi sur quelque chose qu'il était sur le point de constater par lui-même.

Le gendarme emprunta un sentier qui descendait dans un vallon. Il s'arrêta pour reprendre sa respiration et commenter ce qu'il désignait de son index en contrebas.

– Le plateau du Diable, dit-il.
– On ne l'appelle plus comme ça, rectifia le commandant. C'est le plateau des Idoles.
– Les jeunes sont là.
– Quoi?

– On en a trouvé deux. Ligotés, un scotch sur la bouche et un sac sur la tête.

Sans attendre, ils reprirent leur marche vers ce site remarquable constitué de formations géologiques insolites, parfois humaines, représentant des visages d'enfant, d'Indien ou d'Africain. Certains soutenaient que le site, en plein cœur d'une zone d'anomalies permanentes, était un lieu de rencontres avec les extraterrestres. Les plus rationnels expliquaient ces sculptures par le phénomène d'érosion de la roche calcaire, suivant un processus chimique et créatif naturel de la pluie, du vent et du gaz carbonique. Des fouilles avaient révélé des galeries souterraines très profondes dans lesquelles personne n'osait s'aventurer.

Le brigadier Dolfi précéda le commandant dans un labyrinthe de pierres fantomatiques agencées sur la garrigue et dressées vers le ciel noir. Les aboiements résonnaient à travers ce mystérieux dédale. Au détour d'un monolithe ressemblant à une tête de tortue, ils tombèrent sur le brigadier Lambert en train de parler à une adolescente déboussolée.

– Elle s'appelle Marie Radisson, déclara celui-ci au commandant.

– Elle était couchée là, ajouta Dolfi en désignant une anfractuosité dans la roche qui avait protégé la victime de la pluie. Elle avait ça sur la tête!

Dolfi ramassa un sac en plastique blanc et le présenta délicatement au commandant. Il avait été percé à plusieurs endroits pour permettre à Marie de respirer. On avait inscrit «Photo» au feutre noir sur l'une des faces.

– «Photo»? s'étonna Sevrant.

– Il y a un autre jeune un peu plus loin, l'informa Lambert. Quentin Gosserand. Il était attaché et bâillonné lui aussi, niché dans un lapiaz plus troué qu'une meule d'emmental, un sac sur la tête avec «Archi» écrit dessus.

Les chiens continuaient d'aboyer autour d'eux.

– Les témoignages des deux lycéens sont plutôt confus, rapporta Lambert. Ce qu'on sait, c'est qu'ils étaient dix au total. Tous en première Arts Appliqués au lycée Matisse.

– Dix? Mme Souliol nous a dit qu'ils étaient huit.

– Des invités surprise probablement.

– Par ici! lança quelqu'un.

Ils se précipitèrent à travers un labyrinthe de «rues» bordées de cases de calcaire stratifié évoquant un village de la brousse africaine. Une des raisons pour lesquelles on appelait aussi cet endroit «le village nègre». Ils rejoignirent un gendarme et son chien qui venaient de découvrir un troisième lycéen, Maxime Cohen, ligoté sous un rocher en forme de sphinx. «Musique» était rédigé au feutre sur le sac dans lequel on lui avait enfoui la tête.

Le lycéen livra une version des faits aussi abracadabrante que celles de Marie et de Quentin. Ils auraient été surpris à tour de rôle par une fillette affublée d'un masque chirurgical. Celle-ci leur aurait demandé si elle était belle avant d'ôter son masque qui cachait une bouche élargie au couteau jusqu'aux oreilles! Elle les aurait ensuite paralysés avant de leur couvrir le visage et de les traîner jusqu'ici.

– Paralysés ? s'étonna Sevrant.

– À mon avis, ils n'ont pas bu que de la limonade, déduisit Dolfi.

– Contrôle d'alcoolémie et test salivaire pour tout le monde !

Ils découvrirent Mehdi Achour dans une cavité en forme de guerrier massaï. Son sac était estampillé « Jeu vidéo ».

– Étrange quand même, tous ces rochers autour de nous, commenta Dolfi. On dirait qu'ils nous observent.

Sevrant ne releva pas cette remarque hors de propos et se concentra sur la victime suivante, Mathilde Liotard. Elle avait passé plus de douze heures sur un tapis de feuilles dans une mini-grotte karstique. Mathilde était pieds et poings liés, elle aussi. Elle avait réussi à se débarrasser du sac sur sa tête marqué du mot « Peinture ».

Les chiens menèrent ensuite les gendarmes à Camille Souliol, immobilisée sous une arche en pierre. Dès qu'on lui retira le scotch de la bouche, la lycéenne demanda si c'était Léa qui les avait alertés.

– Pourquoi Léa ? s'étonna Sevrant.

– Elle était la dernière à rester avec moi.

– On ne l'a pas encore retrouvée. Vous souvenez-vous de ce qui est arrivé ?

– Il faisait nuit, je courais vers la route pour arrêter une voiture quand j'ai vu une... petite fille. Elle portait un ciré jaune et un masque sur la bouche. Je ne sais pas ce qui s'est passé, c'est allé très vite, mais j'ai ressenti une grosse douleur, je ne pouvais plus bouger, comme si la fillette m'avait jeté un sort. Je me suis écroulée sur place... On m'a mis ce sac sur la tête et on m'a transportée jusqu'ici.

Sur son sac était écrit «Scène».

Au fil des indices, des témoignages et des tests de dépistage, Sevrant construisait son hypothèse. Les jeunes s'étaient amusés à se faire peur. La soirée avait dégénéré à cause d'une forte consommation d'alcool et de marijuana alliée à du spiritisme et à une créativité fertile. Leur paralysie soudaine était sans doute due à un pistolet à impulsion électrique. La décharge de 50 000 volts d'un Taser paralysait momentanément le système nerveux de la cible qui perdait aussitôt le contrôle de ses muscles et tombait comme une masse. Il fallait dénicher l'arme pour en savoir plus.

– On en a localisé un autre, annonça Dolfi.

Le brigadier courait dans tous les sens pour informer le commandant en temps réel. Ce dernier lui emboîta le pas à travers le dédale de pierres.

– Je ne sais pas ce qu'ils avaient dans la tête ces jeunes, mais ils se sont bien amusés, commenta Dolfi.

– Vous détenez la réponse, brigadier, ils se sont bien amusés.

Un adolescent était assis à l'entrée d'une petite caverne dans laquelle il avait été séquestré. Même regard perdu que les autres.

– Quel est son nom ?

– Julien Ponge.

– Quelle inscription portait-il ?

– «BD».

– Il en reste trois, donc.

Cachés dans des cavités improbables creusées par l'érosion, Manon Cayolle et Clément Bourdon furent libérés peu de temps après. Les mots « Littérature » et « Cinéma » étaient respectivement rédigés sur les sacs qui les aveuglaient.

Clément était le plus mal en point. Il avait passé presque 17 heures attaché dans un trou trop étroit pour son gabarit. Un animal au souffle rauque était venu lui renifler les pieds. Clément accusa les autres jeunes de lui avoir tendu un piège. Il avait été accueilli à la villa par une petite fille défigurée. La peur l'avait fait fuir. Une forte douleur dans le dos l'avait immobilisé alors qu'il reprenait son souffle à l'entrée de la propriété. On essaya de le rassurer en l'informant que ses camarades avaient subi le même sort que lui.

Manon Cayolle semblait plus contrariée d'avoir été identifiée que ligotée, ce qui jeta sur elle quelques soupçons. Elle s'expliqua en avouant la mystification de son suicide qu'elle avait réussi à faire gober à son lycée. Une arnaque « artistique » qui n'avait pas entraîné d'enquête puisque la propre famille de Manon n'était même pas au courant.

Léa Mestre fut la dernière à être découverte dans une des nombreuses excavations que comptait le plateau des Idoles. Léa était affublée d'un sac qui portait la mention « Sculpture ». Elle témoigna comme les autres de la présence d'une étrange fillette et avoir subi un choc lors de sa rencontre avec elle. Elle évoqua la piste du frère caché de Quentin. Le commandant chargea aussitôt le capitaine Scordatto de vérifier l'information.

Les dix adolescents furent évacués du site afin d'être pris en charge par une unité de soins et une cellule psychologique.

Le commandant quitta à son tour le plateau des Idoles et se retourna en haut du vallon pour apprécier la vue d'ensemble du site.

— C'est trop artistique, jugea-t-il.

À ses côtés, Dolfi lui demanda ce qu'il entendait par là. Au même moment, la voix de Scordatto jaillit du talkie-walkie.

Comme à son habitude le capitaine avait fait preuve d'une grande efficacité. Il s'était renseigné sur le frère de Quentin mentionné par Léa Mestre. La mère de Quentin avait en effet donné naissance à un bébé souffrant de malformations. Elle l'avait gardé par conviction religieuse et dans l'espoir que la médecine saurait traiter son infirmité. Mais des complications avaient empêché l'enfant d'être opéré. Celui-ci avait grandi à l'écart du monde dans la bergerie des grands-parents. Quentin était né des années plus tard.

— Je vous rassure tout de suite, conclut le capitaine, cet individu ne peut pas avoir agressé les jeunes cette nuit.

— Pourquoi ?

— Parce qu'il est mort il y a deux ans.

— Merci capitaine, dit Sevrant.

Fort de cette information, il reprit sa contemplation du village minéral pour tenter de donner un sens à cette mise en scène. Les victimes étaient toutes en classe de première Arts Appliqués, portaient sur elles l'inscription de l'un des dix arts qui leur correspondait le plus et avaient été savamment disposées sur un site constitué de sculptures sur pierre.

– C'est comme si on avait voulu créer une œuvre d'art... déduisit Sevrant.

– Hein ? grogna Dolfi.

– C'est l'un d'eux qui a fait le coup.

La révélation du faux suicide mis en scène par Manon et exploité par Maxime pour lui faire jouer la revenante lui donnait déjà une idée de ce qu'une poignée d'élèves créatifs et oisifs pouvait entreprendre.

– L'un des dix jeunes ? s'étonna Dolfi.

– Vous avez entendu ce qu'ils ont dit sur leur intention de se donner des frissons et toute cette surenchère entre eux ? Il y en a un qui a frappé beaucoup plus fort que les autres. Il s'est mis en scène avec ses victimes pour se disculper. De toute façon, il ne pouvait pas repartir. Aucun de ces jeunes n'est en âge de conduire.

– À qui pensez-vous ?

– Il n'y a qu'un moyen de le savoir.

– Comment ?

– En demandant à chacun ce qu'il a imaginé pour terroriser ses camarades.

53.

On releva deux traces de piqûres sur le torse de Quentin. À la différence des autres lycéens qui avaient été choqués au contact direct du Taser, deux dards reliés à des fils électriques avaient été tirés sur le jeune homme. La police scientifique se mit aussitôt en quête des confettis lâchés systématiquement par le pistolet lors de l'explosion de la cartouche d'azote comprimée au départ des deux électrodes. L'analyse de ces confettis permettrait d'identifier l'origine de l'arme.

Les vidéos des caméras de surveillance furent également saisies.

On ne déplora pas de traumatismes physiques consécutifs à la brutale et brève paralysie du système nerveux des victimes. L'agresseur avait balancé les décharges électriques à travers leurs vêtements, ce qui avait évité les brûlures. Seul Quentin gardait la trace des deux hameçons qui avaient provoqué la rupture musculaire. Quant aux chocs psychologiques, ils provenaient plus de la peur qu'avaient éprouvée les jeunes avant leur capture qu'aux heures passées dans la nuit au creux d'un rocher avec un sac troué sur la tête.

Les dix adolescents reconnaissaient avoir beaucoup bu et pas mal déliré, mais ils attestaient tous avoir été terrifiés par une petite fille défigurée par une bouche fendue jusqu'aux oreilles. Les enregistrements des caméras de surveillance confirmaient l'effroi des victimes sans apporter de preuve sur l'existence de cette mystérieuse fillette qui n'apparaissait nulle part à l'image.

Ils parlèrent aussi de créatures invisibles, de dématérialisations, de chutes de pierres dans la maison, de sphères lumineuses, de bruits de moteurs. L'adjudant Kléber refit surface pour donner son avis sur ces phénomènes déroutants, inhérents à la zone du col de Vence.

Après avoir lu leurs témoignages, le commandant Sevrant les interrogea personnellement, un par un, en leur posant la question qui lui brûlait les lèvres : « Qu'avais-tu imaginé pour terrifier tes copains dans la nuit du samedi au dimanche ? »

Ils livrèrent tous une réponse précise.

Sauf Clément.

54.

Tu finis toujours par te faire coincer quand tu es coupable. Ce qui varie c'est le temps qu'on mettra à te démasquer. Le commandant a été rapide sur ce coup. Tant mieux car cela me démangeait d'avouer.

Je n'ai pas fait tout ça pour que mon œuvre reste anonyme. Je voulais seulement maintenir encore un peu la peur que j'avais flanquée aux Huit.

Contrairement à leurs mascarades qui n'avaient suscité de l'effroi que le temps de leur performance, mon stratagème horrifique continuait de produire ses effets deux jours après. L'enquête, les interrogatoires, les séances de psy, en ont rajouté dans l'angoisse de ne pas savoir ce qui leur était arrivé.

Au final, moi le paria, le Big Boloss comme ils me surnomment, je leur ai montré qui était le boss. Je les ai tous bluffés. Plus que quiconque, je méritais d'appartenir à leur groupe.

Depuis le début de l'année, je les avais tous les jours devant moi, affichant la plus méprisante des indifférences, au mieux de la raillerie. Et pourtant je voulais en être, je voulais briller comme eux. J'étais comme ces pauvres qui sont écrasés par les riches mais rêvent de devenir comme eux. Ou comme ces artistes maudits dédaignés par le gotha mais qui ambitionnent de faire partie du club.

Impossible de me faire inviter à leurs soirées bière-pong où la rigolade coulait à flots, à moins d'être le pigeon que l'on invite à un dîner de cons. Alors quand ils ont formulé l'idée d'une soirée frissons, j'ai saisi l'opportunité qui se présentait à moi. Amateur de cinéma d'épouvante et de légendes urbaines, j'allais leur montrer que j'étais à la hauteur de leur créativité en matière horrifique.

Ma participation se devait d'être terriblement terrifiante, inventive, artistique, si je voulais épater la galerie – les Huit bien sûr qui me prennent pour un gros nul, mes parents qui me traitent de fainéant, mes profs qui me poussent vers une autre section.

Participer nécessitait que je sois invité. J'ai eu vite l'idée d'aller promettre cinquante euros à Kevin et à Alex pour qu'ils agressent le groupe et me permettent d'intervenir pour les défendre. Je me demande si cette mise en scène improvisée a servi à quelque chose. Je crois en fait que la bande a cédé à ma demande pour la pire des raisons : la pitié. Tant pis, celle-ci a été effacée par la trouille que je leur ai filée pendant deux jours.

J'avais trois semaines pour me préparer. Je suis monté plusieurs fois à la villa du col de Vence en scooter pour effectuer des repérages. J'ai passé des heures à étudier les lieux, la maison, les caméras de surveillance, le plateau des Idoles où j'allais «fossiliser» et exposer mes sujets à la manière d'Abraham Poincheval enfermé dans son rocher. Mon prof allait adorer.

J'ai grimpé sur le toit de la villa avec l'échelle du chantier, retiré des tuiles et troué le voligeage pour accéder au grenier. J'y ai entreposé des pierres que j'avais prélevées sur le muret en construction. Des histoires circulaient sur des phénomènes étranges dans le coin, comme des pierres tombées du ciel. J'allais les faire un peu flipper avec ça. Elles devaient surtout me servir à détourner l'attention lors de mes déplacements dans la maison.

J'ai apporté aussi des cordes, du scotch et des sacs en plastique. J'ai bien étudié sur Internet la manière de lier les mains, les pieds et les coudes de mes prisonniers, puis de faire un nœud dans le dos qui maintienne ensemble toutes les parties du corps. Ainsi, ils n'avaient aucune chance de se sauver. Je me suis entraîné sur Lili, ma petite sœur de douze ans. Elle a l'air d'en avoir dix. Elle est petite pour son âge, contrairement à moi.

Le plus difficile a été de m'assurer de sa collaboration la nuit du samedi au dimanche. Lili m'était indispensable pour mener mon projet à bien. En échange, je lui ai acheté une Nintendo Switch et promis de faire ses devoirs jusqu'à la fin de l'année scolaire. J'ai raconté aux parents que je l'emmenais dans une soirée déguisée et qu'elle dormirait sur place chez mes amis. Lili adore se déguiser, ça tombe bien. Elle aime faire des blagues aussi.

Il restait à m'arranger pour qu'elle n'angoisse pas quand elle serait seule dans le grenier de la villa. Je lui avais installé *The Legend of Zelda* sur sa Switch, idéal pour la déconnecter de son environnement. Lili est carrément accro. Et puis on était reliés sur réseau mesh via l'application FireChat[1]. Je communiquais régulièrement avec elle pour la rassurer, la tenir éveillée et l'avertir des moments auxquels elle devait intervenir.

Le jour J, j'ai pris Lili sur le scooter et nous sommes montés au col de Vence. Dans mon sac à dos j'avais un Taser gun pour immobiliser mes victimes. Je l'ai acheté sur Internet. On trouve de tout sur Internet. Si on a du mal, il y a le Dark Net.

J'ai installé Lili dans le grenier. On a vidé un carton de vêtements que j'ai transformé en petit nid douillet pour qu'elle s'y cache.

J'ai trouvé des excréments d'animaux dans la forêt et j'ai eu l'idée de les déposer plus tard au pied de la statue du *David Vador*, pour suggérer qu'une bête était présente dans la maison.

Puis j'ai attendu qu'ils entrent en piste. Sous l'œil de la caméra de surveillance du perron, j'ai commencé par simuler ma disparition.

Je les ai laissés se faire peur entre eux et se soûler. C'était plus facile après pour les neutraliser. J'ai profité

---

1. Le réseau mesh permet de communiquer quand aucune forme de communication n'est possible. Les téléphones se connectent entre eux via l'émetteur Bluetooth ou le système Wi-Fi. Les appareils situés à quelques dizaines de mètres l'un de l'autre se reconnaissent et créent un mini-réseau local temporaire autonome. Il suffit pour cela de télécharger une application comme FireChat.

qu'ils étaient dans la cuisine pour saboter l'amplificateur téléphonique. Je ne voulais pas le faire trop tôt afin de n'alarmer personne, surtout pas les parents.

Lili a été magnifique. Elle m'informait de la position des autres, m'ouvrait la porte quand ils la verrouillaient, et surtout elle a joué son rôle de fantôme à la perfection, conformément à nos multiples répétitions. Elle captait l'attention de mes victimes en leur faisant peur pendant que je me glissais dans leur dos pour leur balancer une décharge électrique.

J'avais super bien maquillé Lili. Je m'étais inspiré de plusieurs légendes japonaises. Ce sont celles qui me terrorisent le plus. Je voulais que Lili se déplace de façon saccadée comme Tek-tek, la femme coupée en deux par un train. Lili se débrouillait hyper bien. Je l'avais grimée en Kuchisake, la femme à l'atroce sourire. La légende dit que Kuchisake, dont le mari jaloux avait élargi la bouche au rasoir, aurait été changée en esprit malin, errant la nuit avec des ciseaux. Sa bouche était cachée par un masque chirurgical. Kuchisake posait à ses victimes la même question : « Est-ce que tu me trouves belle ? » Selon les réponses, elle tuait son interlocuteur ou lui tailladait le visage.

Comme ils étaient terrorisés quand Lili leur posait sa question ! Trop mort de rire ! Ils étaient tellement stressés et bourrés que j'ai réussi à m'approcher d'eux sans être repéré et à leur coller directement 50 000 volts dans le corps. Il fallait juste attendre que l'un d'entre eux soit seul.

Il n'y a eu que Quentin sur lequel j'ai dû utiliser les harpons. J'étais trop de loin de lui. Si je m'approchais, j'entrais dans le champ de la caméra de surveillance. Il était dans le jardin à plus de cinq mètres de moi. J'ai pressé la gâchette du pistolet électrique, propulsant les deux électrodes à la vitesse de 50 m/s. Reliées à deux filins, elles peuvent traverser une épaisseur de vêtements de 5 cm. Au contact, le pistolet a libéré une décharge qui a instantanément paralysé le système nerveux de Quentin. En s'écroulant, il est tombé dans le trou de la piscine. Le temps de descendre le chercher, il avait un peu récupéré et s'est débattu. J'ai été obligé de lui balancer en bonus un coup de shocker.

Les quelques secondes de paralysie me permettaient de leur passer un sac sur la tête et de les ligoter. Ensuite je les ai stockés un peu partout en fonction de l'endroit où je les avais surpris, en attendant de les transporter un par un dans une brouette jusqu'au site de mon exposition. Mathilde, Quentin et Camille ont échoué sous une bâche, dans le cagibi et dans le bois. Manon et Marie dans le grenier, et Julien dans la cave. Les plus difficiles ont été Maxime et Mehdi que j'avais tasés dans le couloir du premier étage. Maxime était le plus dangereux avec son fusil. J'ai dû m'occuper de lui sans faire intervenir Lili de peur qu'il ne lui tire dessus. N'empêche qu'il m'a fallu évacuer ces deux gaillards par la fenêtre d'une chambre contre laquelle j'avais posé l'échelle et les traîner jusqu'au bois.

Une fois Léa neutralisée, j'ai commencé mes allers-retours entre la maison et le plateau des Idoles. Un travail long et éreintant inhérent à la création de toute œuvre d'art qui se respecte. J'ai soigneusement disposé mes neuf sujets au milieu des rochers sculptés par la nature. J'ai pris des photos et une vidéo de l'ensemble avec mon smartphone.

On a failli se faire choper plusieurs fois avec Lili, dans la cave ou le grenier. Heureusement, à un moment, une chauve-souris a fait dégager Quentin. J'ai manqué aussi de me faire identifier sur une photo de Marie. Quand ils n'étaient plus que trois, ça a commencé à être dur. Ils se méfiaient. J'ai dû inventer des stratagèmes, comme libérer le rat de sa cage ou envoyer des pierres contre les volets. À la fin, il fallait absolument que je fasse sortir Camille et Léa pour les séparer.

J'ai toujours été amoureux de Camille, de sa beauté, de sa façon d'évoluer dans l'espace, de ne jamais se la péter malgré une plastique de rêve. Je suis conscient qu'elle ne flashera jamais sur moi mais au moins elle me regardera lorsque je serai dans la même bande qu'elle.

Léa m'a scotché au cours de cette soirée. Son comportement m'intriguait. Elle se parlait toute seule. Elle a enregistré sur son iPhone un témoignage détaillé de ce qu'il s'était passé et un plaidoyer un peu barré au cas où on la suspecterait d'être la coupable des disparitions. Léa a même découvert que Quentin avait un frère difforme, élevé dans le plus grand secret. Elle a cru que c'était lui qui les agressait.

À force d'épier Léa, j'ai failli me faire coincer. Il faut dire que Lili s'était endormie dans le grenier et j'hésitais à la réveiller. Vers les quatre heures du matin, je me suis décidé à aller la sortir de son sommeil pour qu'elle accomplisse son ultime apparition. Elle a posé sa fameuse question à moitié endormie. Pauvre Lili, elle en avait marre de cette soirée. J'ai laissé à Léa à peine le temps de répondre. Un coup de Taser et elle est tombée dans les pommes.

La grosse surprise de la soirée, c'est qu'ils étaient neuf au lieu de huit. Avec moi, ça faisait dix. Mon projet de fin d'année que j'avais baptisé « Les neuf muses » devait changer de nom. Je l'ai renommé « Les dix arts ».

1. L'architecture
2. La sculpture
3. La peinture
4. La musique
5. La littérature
6. La danse
7. Le cinéma
8. La photo
9. La bande dessinée
10. Le jeu vidéo

Je nous ai répertoriés en fonction de l'art qui nous définit le mieux. Je me suis attribué le septième bien que je sois moins calé que Marie. Je ne connais que les films d'horreur. Ce sont ceux qui me procurent le plus d'émotions, qui me distraient le plus de la vraie vie.

Une fois que j'avais placé les neuf « artistes » à leur place sur le plateau des Idoles, j'ai ramené Lili chez nous. On est rentrés discrètement et je l'ai bien briefée pour qu'elle raconte aux parents, qui la découvriraient le matin dans sa chambre, qu'elle avait réclamé de dormir dans son lit.

Je suis ensuite remonté à la villa. J'ai fait une copie des enregistrements vidéo et j'ai conservé le smartphone de Léa. Sur le coup de 8 heures, je me suis assoupi dans la chambre d'amis.

Vers 10 heures je suis allé sur le plateau des Idoles. Mes camarades n'avaient pas bougé. Je me suis installé dans un trou inconfortable avant de m'attacher. Au-delà du fait que cela me disculpait le temps de l'enquête, je voulais montrer à tous que je faisais partie du groupe. Que j'étais comme eux. J'étais parvenu à les effrayer au-delà de ce qu'ils pouvaient imaginer. Encore plus fort que Maxime avec Manon en revenante ! J'étais digne de leur créativité.

Voilà ce que j'ai dit au commandant Sevrant quand il m'a démasqué dans son bureau.

– Es-tu conscient que ce que tu as fait est un délit ? a-t-il demandé à la fin de ma déposition.

– On cherchait à se faire peur, à repousser les limites de notre créativité, ai-je prétexté.

– Tes camarades n'ont rien commis d'illicite. Si ce n'est Manon qui aura à s'expliquer auprès de ses parents et du lycée. Sais-tu qu'attacher quelqu'un avec une corde est illégal ? As-tu songé à ce qu'ils ont dû endurer pendant des heures ?

– Je reconnais que je suis allé loin. Mais je me suis montré digne des enjeux.

– Quels enjeux ?

– Se faire peur.

– Les parents de tes camarades vont sans doute déposer plainte.

– Ce sont les risques. Piotr Pavlenski en a pris au cours de sa dernière performance artistique : il a été jeté en prison.

– Qu'a fait ce monsieur ?

– Il a mis le feu à la façade d'une succursale de la Banque de France.

– C'est ce que tu veux faire toi aussi ?

– Non. Je voulais juste effrayer mes amis. Pour faire partie de leur bande.

Mon père et ma mère ont été convoqués à leur tour. On a exigé que je m'excuse auprès de mes camarades et auprès de leurs parents. Ceux de Manon avaient découvert avec stupeur qu'en plus de cette histoire, leur fille s'était fait passer pour morte dans leur dos.

Le directeur du lycée a été également convoqué pour qu'il s'explique sur le contenu de certains cours administré par notre professeur d'art contemporain.

Le commandant Sevrant a essayé de présenter l'affaire comme une soirée lycéenne ayant mal tourné à la suite d'une surenchère de défis idiots, mêlant mythes, légendes urbaines, alcool et paranormal, organisée par une poignée d'élèves créatifs et oisifs en mal de célébrité.

Mais tout cela n'était rien.

La seule chose qui comptait, c'était qu'aucun de mes neuf camarades n'a manifesté de la rancœur. Au contraire, ils ont été tous impressionnés par mon audace et mon inventivité. Ils ont fait d'ailleurs pression sur leurs parents pour qu'aucune plainte ne soit déposée.

On m'a imposé un psychologue et une thérapie.

Ce roman est la version détaillée de ma déposition. J'y figure à la troisième personne, comme mes camarades. Le smartphone de Léa contenant ses confessions et la copie des enregistrements des caméras de surveillance m'ont aidé à rapporter avec le plus de détails possibles les évènements de ce fameux week-end. J'avoue avoir parfois eu recours à mon imagination pour donner plus de vérité au récit.

Je l'utiliserai comme support explicatif de mon œuvre «Les dix arts» en complément des photos et de la vidéo que j'ai prises de celle-ci. Je le conclurai en cinq mots :

La différence est un plus.

Je mettrai aussi en épigraphe la citation de Kurt Cobain :

« Ils se moquent de moi parce que je suis différent.
Je me moque d'eux parce qu'ils sont tous identiques. »

Épilogue

Le mois de juin arriva vite, avec les jours plus longs, les jupes plus courtes et l'épreuve d'oral marquant la fin de l'année scolaire. L'affaire de «la soirée frissons» du col de Vence avait été classée sans suite, et les dérives de la fête mises sur le compte d'une consommation excessive d'alcool et de l'imagination débridée d'une bande de lycéens.

Clément était sorti de l'anonymat pour devenir le garçon le plus craint, voire le plus populaire de l'établissement. La plupart des élèves le considéraient comme un déséquilibré, à la différence de ses neuf victimes qui avaient acclamé son inventivité. C'était tout ce qui importait pour Clément. Son objectif était atteint. Il faisait partie de la bande qui s'était rebaptisée «Les Neuf» rien que pour lui!

Manon avait également été invitée à les rejoindre pour former «Les Dix» mais l'incorrigible marginale refusait d'intégrer un groupe, même constitué par ses nouveaux camarades dont faisait partie Léa qu'elle fréquentait désormais.

Manon et Clément suivaient des séances de thérapie au cours desquelles une psychologue tentait de leur inculquer le sens des réalités et leur faire prendre conscience des conséquences de leurs actes.

Le jour de son oral, Clément pénétra dans l'établissement avec l'estomac noué. Il croisa le sourire de Camille qui vint aussitôt à sa rencontre pour l'embrasser. Le cœur de Clément battit encore plus vite. Il n'aurait manqué aucun jour de lycée rien que pour cet instant magique qui illuminait son quotidien.

– C'est ce matin que tu présentes ? lui demanda-t-elle.

– Ouais, j'ai les tripes en compote.

– Pas autant que les miennes quand je me suis retrouvée face à ta sœur dans le grenier !

– Lili aussi a eu peur quand tu l'as surprise.

– Elle va bien ?

– Tranquille. Je lui ai promis de l'emmener au concert d'Ariana Grande.

– Ça parle de concert sans moi ? s'écria Maxime en déboulant sur eux.

Il posa un bisou sur la bouche de Camille et claqua sa main sur celle de Clément. Maxime avait maigri et repris le sport au détriment de la bouffe et de la guitare. Un sacrifice qui l'avait rendu presque aussi baraqué que Clément mais surtout propulsé dans les bras de Camille au grand dam de la concurrence. Maxime n'avait cependant pas abandonné le poker ni l'espoir de convertir Camille à ce jeu.

– Oui, mais ce n'est pas de ton âge, lui répondit celle-ci.

– Sauf quand Ariana Grande donne un concert en faveur des victimes de l'attentat de Manchester et qu'elle invite Liam Gallagher.

– Je l'ai vu ce concert à la télé, avec ma sœur, dit Clément.

– T'as pas l'air frais toi, ce matin, observa Maxime.

– Il présente son projet, expliqua Camille.

Maxime fixa le tapuscrit relié que tenait Clément.

– Ton roman ?

– Yes.

– T'as changé nos noms ?

– Non. T'aurais préféré ?

– Ben si tu rapportes les faits tels qu'ils se sont déroulés, on va passer pour des boloss. Une bande d'ados effrayés par une fillette qui s'est peint le sourire du Joker sur la tronche, c'est la méga lose.

– Même si je change les noms on verra bien qu'il s'agit de vous.

– Tant que ce n'est pas publié et que mes parents ne tombent pas dessus, ça me va, avertit Camille. J'ai eu assez de mal à les convaincre de ne pas porter plainte contre toi.

– Merci Camille, bafouilla Clément tout rouge comme à chaque fois qu'elle le défendait.

– De rien, Clem, au contraire, ta mise en scène nous a fait comprendre qu'on était des novices de l'horreur. Ma Sadabuki danse c'était rien à côté de ta Kuchisake girl. Je suis contente d'être revenue à ma robe de mariée en PQ.

– Salut les champions ! Tranquilles ? lança Mehdi en les rejoignant.

Il était accompagné de Julien et de Quentin.

– Je passe l'oral ce matin, l'informa Clément.

– Ben on est deux, répliqua Mehdi moins stressé que lui.

– Moi c'est jeudi, signala Julien.

– Satisfait de tes planches ? demanda Clément.

– Pas encore. J'espère que j'aurai fini à temps.

– Oh ! Frères, c'est pas la chapelle Sixtine que vous présentez, là ! s'exclama Mehdi. Moi j'ai mis deux jours pour torcher mon devoir.

– Facile, t'avais déjà le matos et t'as le talent d'un vendeur de bagnoles.

– Je ne sais pas si je dois le prendre pour un compliment.

Grâce à Clément qui en avait conservé une copie, Mehdi avait récupéré la vidéo où il menaçait ses camarades avec un pistolet d'airsoft. Il avait greffé une bande-son pour donner l'illusion qu'il leur imposait d'apprendre par cœur un poème soufi.

Mathilde les rejoignit sur ces entrefaites. Elle avait abandonné son idée de se tatouer l'arrière du crâne pour bomber au pochoir des Mona Lisa de toutes les couleurs sur un capot de voiture qu'elle avait déniché dans une casse.

Elle fut suivie de près par Léa et Manon, main dans la main. Léa avait quitté Quentin pour la rebelle dépressive gothique qui semblait avoir repris goût à la vie et relégué son faux suicide aux oubliettes. Manon avait en effet décidé de présenter une œuvre moins originale et moins morbide, inspirée de l'armoire à pharmacie de

Damien Hirst[1]. Son armoire à elle était remplie de livres qu'elle avait peints en deux couleurs.

À la vue de Léa, Quentin avait plongé le nez dans son smartphone. Depuis l'affaire du col de Vence, il avait perdu sa copine et son sens de l'humour. Sa séparation avec Léa, la perte du contrôle de la fête qu'il avait organisée chez lui et les révélations sur son défunt frère monstrueux dont il avait caché l'existence, contribuaient à la distance qu'il avait prise avec le groupe. Il se consacrait principalement à sa chaîne YouTube.

– Je ne veux pas te mettre la pression, dit Maxime à Clément, mais tu crois que t'as vraiment le droit de présenter ce roman ?

– Pourquoi je ne l'aurais pas ? L'affaire a été classée, non ?

– Elle a été classée parce qu'il n'y a pas eu de plainte.

– Et il n'y en a pas eu parce qu'on a négocié grave avec nos parents, précisa Léa. Je te rappelle que pour que mon père retire sa plainte, j'ai dû accepter de virer le godemiché de ma vidéo.

– T'as mis quoi à la place dans la main de tes cobayes ?

– Un billet de cinq cents euros.

– Vrai ?

– À part le flingue et le gode, il me restait quoi ? Le fric.

---

1. L'œuvre de Damien Hirst baptisée *Berceuse-Printemps* est une armoire à pharmacie contenant plus de 6 000 gélules peintes à la main. Elle a été vendue aux enchères 14,4 millions d'euros en 2007.

– Les trois choses qui font tourner le monde : le pouvoir, le sexe et l'argent, souligna Manon.

– J'ai eu des réactions incroyables de la part des jeunes que j'ai filmés. Tu te rends compte que certains d'entre eux n'avaient jamais vu un billet de cinq cents ? Certains croyaient même que c'était une monnaie étrangère.

– Hey ! s'écria Julien. Je vous rappelle que moi aussi j'ai dû négocier ferme avec mes parents pour qu'ils ne collent pas un procès au cul de Clément. Pourtant je t'en voulais à mort, frère.

– Pareil pour moi, ajouta Quentin en se frottant machinalement la poitrine. Surtout à cause du Taser !

Quentin avait accepté de présenter son projet de maison d'architecte pour célibataire afin que ses parents passent l'éponge sur les dérapages de la soirée frissons.

– Écoutez-moi ces chochottes ! s'exclama Mathilde. De nous tous, c'est moi qui suis restée le plus longtemps ligotée. Et je peux vous dire que c'était que dalle à côté d'une journée sans bouger, allongée sur une table d'opération à se faire brûler la peau avec une aiguille.

– Chacun prend son pied comme il peut, ironisa Julien.

– Le pied est dans le résultat, déclara Mathilde.

Elle souleva sans pudeur son tee-shirt des Queens of the Stone Age pour exposer un tatouage de pieuvre dont les tentacules se prolongeaient dans sa culotte, entre ses seins et dans son dos. Un piercing sur le nombril représentait l'œil de l'animal.

– Waouh! s'écria Clément en écarquillant les yeux.

Il était le seul de la bande à n'avoir jamais vu le tatouage.

– Je ne connaissais pas le piercing, commenta Julien.

– Normal, il date de la semaine dernière.

– Ça ne fait pas peur aux... enfin... à... ? bafouilla timidement Clément.

– À mes amants tu veux dire? Non au contraire, ça les excite. Ils ont le privilège de voir la pieuvre en entier.

Elle lui décocha un clin d'œil et baissa son tee-shirt.

– Plaignez-vous, intervint Manon. Moi j'ai perdu mon studio et j'ai été obligée de retourner chez ma mère avec son mec à la con.

– Désolé, dit Clément.

– Je gagne quand même au change, le rassura-t-elle en se glissant dans le dos de Léa.

Elle lui colla un baiser dans le cou qui fit frissonner son amie.

– C'est ce que je dis, insista Mathilde, c'est le résultat qui compte! Comme ton bouquin, Clem, faut qu'il en vaille le coup. Ramène-nous la meilleure note, sinon on regrettera d'avoir pris ton parti.

– Les Neuf vont tout exploser! s'écria Mehdi.

– Je préférerais que ce soit Les Dix, souligna Léa collée à Manon.

– Non, moi je reste marginale même chez les marginaux, répliqua Manon.

– Pour l'instant j'ai l'impression qu'on est revenus aux Huit, ironisa Camille en fixant Quentin bloqué sur son iPhone.

La sonnerie du lycée signala le début des cours et l'imminence du passage de Clément.

– Ne vous inquiétez pas, déclara ce dernier, je vais soigner la présentation tout à l'heure. Et croyez-moi, le prof va s'en souvenir!

Ils virent Marie courir vers eux essoufflée, en retard comme d'habitude.

– Attendez-moi, frères! leur cria-t-elle.

Kevin et Alex la regardèrent passer devant eux sans lui adresser la parole.

– Quoi, vous voulez mon selfie? les interpella-t-elle.

– Non merci, répondit Kevin.

Il n'avait pas été payé ce matin par Clément pour renchérir et défier la bande. Marie poursuivit son chemin jusqu'à ses camarades.

– Je voulais souhaiter bonne chance à Clément et à Mehdi, annonça-t-elle.

– Merci, dit Clément.

– Tranquille, assura Mehdi.

– On compte sur toi, Clément, pour nous ramener la meilleure note, avertit Marie.

– C'est ce qu'on vient de lui dire, l'avisa Mathilde.

– Mathilde a un piercing sur le nombril, l'informa Julien.

– Vrai? Montre!

Mathilde accéda à sa requête sans se faire prier.

– T'as fini ton travail sur Chaplin? lui demanda-t-elle le ventre à l'air.

– Ouais. Waouh!

Ils marchèrent vers les grilles du lycée, Quentin un peu en marge du cortège. Clément le rejoignit. Il plongea la main dans son sac à dos et en ressortit une clef USB qu'il tendit au lycéen maussade.

– Pour toi, déclara-t-il.

– C'est quoi?

– Un cadeau. J'hésitais à te le donner. Mais je crois que tu pourras en faire bon usage.

– Euh, ouais, merci, pourquoi maintenant?

– J'ai l'impression que mon intervention au col de Vence a fait évoluer les choses dans le bon sens pour la bande, sauf pour toi. J'aimerais me rattraper.

– T'es pour rien dans ma séparation avec Léa. Et puis pour l'histoire de mon frère, fallait bien que ça sorte un jour. Ça a été mon coming out à moi.

– Je crois que ça te plaira, confia Clément en désignant la clef.

– OK, je te dirai.

Clément et Mehdi se détachèrent du groupe pour se diriger vers la salle où se déroulait l'oral.

« La différence est-elle une richesse ? » Clément se repassait en tête le sujet de l'épreuve. Il s'était efforcé d'être différent pour devenir comme les huit personnes qu'il admirait. Ses idoles dont il faisait partie désormais.

Sébastien Bordenave, leur camarade de classe qui devait passer après Mehdi et avant Clément, était déjà là. Il était encombré d'un immense carton à dessins.

– Salut les gars! lança-t-il. C'est le jour J.

– J comme « Je vais tous les défoncer »? lui répliqua Mehdi.

Sébastien se contenta d'un rictus qui trahissait son stress et son manque de confiance. Mehdi s'adressa à Clément en aparté.

– Conseil d'un vendeur : ne laisse pas parler le prof. Balance-lui tout ce que t'as dans le ventre pour l'empêcher de poser des questions.

– C'est prévu.

*

Pressé de découvrir le contenu de la clef USB, Quentin n'attendit pas la fin du cours d'anglais pour la planter dans l'adaptateur fiché dans son smartphone. Une oreillette Bluetooth était discrètement enfoncée dans l'une de ses oreilles au cas où il y aurait du son.

Qu'avait encore manigancé Clément ?

La clef contenait un document Word et un fichier vidéo.

Quentin ouvrit le premier. Il s'agissait d'un message laconique de Clément.

J'ai chopé ça la nuit où je rôdais autour de ta maison pour vous faire peur. Comme tu pourras le constater, j'ai eu ma dose de frissons moi aussi. J'ai filmé ça avec mon iPhone. Tu en feras ce que tu voudras. Pourquoi pas un truc pour ta chaîne YouTube ? En tout cas, c'est cadeau.

Clément

Quentin s'empressa de lire la vidéo.

Les premières images étaient floues, sombres, tremblantes, comme si on cherchait à capter quelque chose dans le ciel. Puis elles se stabilisèrent. Quentin reconnut sa maison du col de Vence. Un mouvement panoramique révéla dans le ciel au-dessus de la propriété trois lumières formant un triangle isocèle. Le mystérieux aéronef se maintenait à la verticale de la villa. On distinguait nettement l'objet volant qui produisait un léger ronronnement.

Un zoom permit de constater que l'OVNI était éclairé à chacun de ses trois angles et qu'il était totalement lisse, sans ouverture apparente. Sa taille dépassait de loin celle de la maison.

L'objet pivota sur lui-même pour se présenter de profil et devenir une ligne qui n'était plus délimitée que par deux lumières. Il n'était pas plus épais qu'une feuille de papier!

La bande-son était ponctuée par quelques «putain!» lâchés par Clément en train de filmer. Suivit un plan large englobant la villa et le ciel étoilé marqué par une flèche lumineuse qui trahit le départ fulgurant de l'objet volant. La porte d'entrée s'ouvrit sur Marie qui scruta les environs avant d'aller se cacher derrière une haie. Maxime apparut à son tour sur le perron. Il appela Marie qui jaillit soudain de sa planque. Elle fonça en hurlant vers Maxime terrifié qui recula sur Camille.

La vidéo s'arrêtait là. Quentin sourit en repensant à cet épisode qui illustrait la séance de Ouija. Quelle soirée! Même les extraterrestres s'étaient pointés! Non seulement Clément avait élucidé le mystère des bruits de moteur au-dessus de la maison, mais il lui avait donné un scoop qui allait doper le nombre de vues de sa chaîne YouTube.

*

Assis à son bureau, le professeur d'art contemporain remercia Sébastien Bordenave pour sa présentation. Sans émettre de commentaire, il rédigea une appréciation sur son cahier et pria le lycéen de faire entrer Clément Bourdon.

Concentré sur ce qu'il était en train d'écrire, il entendit la porte se refermer sans voir qui était entré. Lorsqu'il leva enfin les yeux, il les écarquilla sur une petite fille qui se tenait debout au milieu de la salle. Il ne distinguait pas bien son visage à moitié couvert par un masque chirurgical.

L'étrange gamine s'avança vers lui en claudiquant et se planta devant son bureau.

– Qui es-tu ? lança l'enseignant.

– Est-ce que je suis belle ? le questionna l'intruse d'une voix étouffée.

– Je crois que tu t'es trompée de classe, jeune fille. J'attends Clément Bourdon.

– Est-ce que je suis belle ?

– De quoi tu parles ? Est-ce qu'il s'agit d'une performance ?

– Est-ce que je suis belle ?

– Vas-tu me dire à quoi rime ce numéro ?

– Est-ce que je suis belle ?

– Oui, et alors ?

Elle ôta son masque chirurgical.

– Et comme ça ? demanda-t-elle.

Le professeur eut un mouvement de recul à la vue de l'immense plaie qui ouvrait le jeune visage jusqu'aux oreilles.

– Où... où est Clément Bourdon ? bredouilla le professeur.
– Derrière toi !

REMERCIEMENTS

Julianne Leroy
Pour le choix de la playlist, pour tes échos sur les soirées lycéennes, pour tes *photos de l'auteur*, et bien sûr pour tes éclairages sur l'art contemporain. Tes études en section Arts Appliqués et en école supérieure d'art m'ont inspiré l'écriture de ce récit purement fictif dans lequel toute ressemblance avec des personnes ou des situations existantes ou ayant existé ne saurait être que fortuite.

Emmanuel Forat
Pour ton soutien, tes conseils judicieux et tes tuyaux sur les jeux vidéo.

Tony Bolanos
Pour les informations sur les Tasers que tu m'as livrées en pleine partie de poker.

Pascale Lafay
Pour ta vidéo *Ouvre les yeux* qui a inspiré un de mes personnages et qui est visible sur :
www.pascalelafay.com/transformation/

La team Rageot
En particulier à Guylain Desnoues pour ton perfectionnisme et à Murielle Coueslan pour avoir souhaité ce roman. Merci à vous pour votre confiance.

Crédits discographiques

P. 38 : *Wake Me Up*, Avicii ft. Aloe Blacc, © Avicii, Aloe Blacc, Tim Bergling, Mike Einziger – UMSM, Universal Music (2013).

P. 39 : *Rosemary's Baby*, Fantômas, © Mike Patton – Ipecac Recordings, extrait de l'album *The Director's Cut* (2001).

P. 46 : *Basique*, Orelsan, © Aurélien Cotentin, Matthieu Le Carpentier – 7th Magnitude, 3e bureau, Wagram, extrait de l'album *La fête est finie* (2017).

Pp. 56-57 : *Californication*, Red Hot Chili Peppers, © Anthony Kiedis, Chad Smith, Flea, John Frusciante – Moebetoblame Music (BMI), Warner Bros. Records, extrait de l'album *Californication* (1999).

P. 79 : *Apocalypse 894*, Stupeflip, © Julien Barthélémy – Etic System, extrait de l'album *The Hypnoflip Invasion* (2011).

P. 81 : *Havana*, Camilla Cabello ft. Young Thug, © Camila Cabello, Brittany Hazzard, Ali Tamposi, Brian Lee, Andrew Watt, Pharrell Williams, Jeffery Lamar Williams, Adam Feeney, Louis Bell – Epic Records/Sony Music Entertainment, Syco Music, extrait de l'album *Camilla* (2017).

P. 82 : *The Solution*, Stupeflip, © Julien Barthélémy – Etic System, extrait de l'album *Stup Virus* (2017).

P. 229 : *Feels*, Calvin Harris ft. Pharrell Williams, Katy Perry & Big Sean, © Adam Wiles, Pharrell Williams, Katy Perry, Brittany Hazzard, Sean Anderson – Sony Music Entertainment, extrait de l'album *Funk Wav Bounces Vol. 1* (2017).

P. 272 : *Complicated*, Dimitri Vegas & Like Mike, © Angemi Antonino, David Guetta, Dimitri Thivaios, Michael Thivaios, Hailey Collier, Peter Hanna, Kiara Saulters, Ethan Roberts – Smash the House, Epic Records/Sony Music Entertainment (2017).

P. 295 : *Redbone*, Childish Gambino, © Donald Glover, Ludwig Göransson, William Earl Collins, George Clinton, Gary Cooper – Etic System, extrait de l'album *Awaken, My Love!* (2016).

BIBLIOGRAPHIE

– *Les Invisibles du col de Vence* par I.C.D.V. (éditions Nérusi)
– *Les Mystères du col de Vence* de Pierre Beake (éditions Le Temps Présent)

Du même auteur

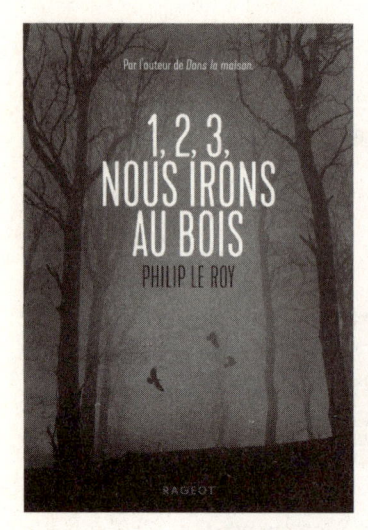

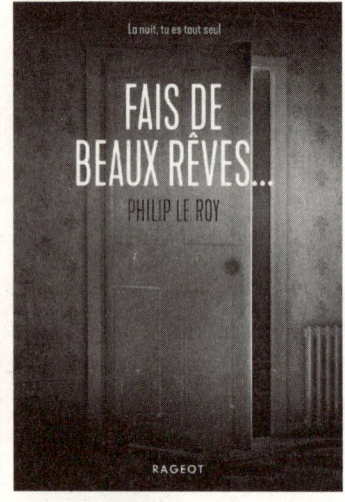

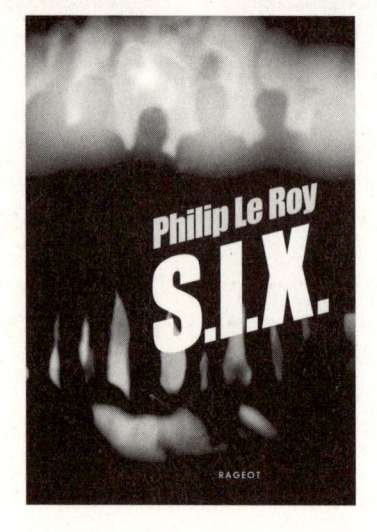

- 1, 2, 3, NOUS IRONS AU BOIS
- FAIS DE BEAUX RÊVES...
- S.I.X.

L'AUTEUR

Écrivain et scénariste, Philip Le Roy s'est lancé en littérature à 200 km/h en 1997 avec *Pour Adultes Seulement*, «une bombe textuelle hyper vitaminée» (*Le Monde*), «l'un des meilleurs polars de ces dernières années» (La Griffe Noire). Son personnage hors du commun, le profiler zen Nathan Love, apparaît pour la première fois dans *Le Dernier Testament*, Grand Prix de Littérature Policière 2005 et traduit dans de nombreux pays. Pour l'écran, il imagine une héroïne dure à cuire dans sa série d'action *The Way*.

Avec *S.I.X.*, incursion remarquée dans le thriller pour ados, ce n'est pas un nouveau héros hors normes qu'il crée, mais six! Aimant jouer avec la peur dans ses thrillers, il en fait le thème de *Dans la maison*.

Quand il ne voyage pas, il vit à Vence, avec son épouse et proche de ses trois filles. Il se consacre à l'écriture et aux arts martiaux.

Vous pouvez le rejoindre sur sa page Facebook et sur son site:
www.philipleroy.fr

**Retrouvez tous nos titres sur notre site
www.rageot.fr**

Cet ouvrage a été composé par IGS-CP à
L'Isle-d'Espagnac (16)

Achevé d'imprimer en Espagne en mai 2022
sur les presses de l'imprimerie Liberduplex,
St. Llorenç D'Hortons

Dépôt légal : juin 2022
N° d'édition : 7924-01
N° d'impression : 100776